霓虹星的軌跡 上

Twentine 著
Xuan Qing 繪

高寶書版集團

目錄
CONTENTS

第一章　華都藝術中學

徐雲妮站在學校門口。

烈日當頭。

今日的太陽跟她的心情差不多，表面的平靜下，藏著絲絲炸裂。

但是，就跟人無法用肉眼看清太陽風暴一樣，以徐雲妮的性格，這種炸裂不太會直接體現在臉上。

她背著書包，看看大門口的牌子。

石製，不小，上面刻著的六個大字——「華都藝術中學」。

不久前，徐雲妮搬家了，原因是她的母親李恩穎女士正式敲定了新男友，硬拖著她來到男方所在的城市。本來徐雲妮說自己高三了，還有一年就要升學考，不想換地方。但李恩穎說不用擔心，妳這個後爸相當有實力，轉個好學校只是灑灑水，妳就來吧。

確實是灑灑水，只是灑錯地方了。

徐雲妮本來要去的學校叫「華衡」，一字之差錯頻了。

她知道後去找李恩穎要說法，李恩穎說先念著。

徐雲妮一頭問號，李恩穎告訴她，一不小心搞錯了，最近幫妳叔辦事的人有點忙，最多三個月，肯定轉走。

「放心，有實力！」

徐雲妮看著不太可靠的李恩穎，再想想那個更不可靠的趙博滿，對此「肯定」深表懷疑，但也沒說什麼，李恩穎精神脆弱，今年好不容易好轉了一些，受不了刺激。徐雲妮自我消化幾天，便坦然接受了。

什麼學校不是學校？課程都念完了，複習而已，在哪都是上。

抱著隨遇而安的心情，徐雲妮踏入校園。

她苦中作樂，欣賞風景。華都校園規模不算大，不過很漂亮，操場視野開闊，設施齊全，環境相當不錯，周邊半圈種滿綠植，叫不出名字的小花入秋了也開得很積極，輕盈的紅色點綴在藍天和綠地中間，格外養眼。

現在正好是早上上學的時間，學生們閒閒散散往教學大樓走去，徐雲妮跟著大家往前，不多時，發現一個問題。

周圍稀鬆的人流好像不知不覺朝著同個方向聚。

徐雲妮順著看過去，那有個女生，身材瘦小，走路低著頭。她後面跟著兩個學生，一男一女，手裡拿著什麼東西。

徐雲妮仔細看看，彩色的，像是從雞毛撣子上拆下來的羽毛。

兩人快走了兩步，貼在女生身後，將這東西往她校服下面一黏。然後這女生一走路，這東西就跟著晃。

周圍的人看見了，湊在一起竊竊私語。

那女生感覺到什麼，轉過頭正好跟徐雲妮看個正著，一臉不明所以。四目相對，幾秒後，徐雲妮走過去，將那羽毛拽了下來。

女生後退兩步，一看她手裡的東西，頓時臉紅。後面兩人見到這幕，冷著臉看向徐雲妮。周圍站了幾個人，議論紛紛，那女生覺得有些丟人，抬起一隻手稍稍擋住臉。

這時，校園門口，一個人走進來。

他正打著哈欠，後面又追過來一人，喊他。

「時訣！」

時訣腳步不停，吳航跑過來，一個餓虎撲食從後面把人抱住，摘了他一個耳機。

「來這麼早啊？」

耳機裡傳來清晰的音樂聲。

吳航說：「這麼大聲，你不怕聾了？」

時訣顯然很睏，懶得開口，伸出手。

吳航剛要把耳機還回去，忽然注意到什麼，示意前面，說：「哎，好像有熱鬧。」

時訣瞥過去。

那邊圍著幾個人。

吳航：「那不是六班的丁可萌嗎？」

丁可萌右邊站著兩個學生，左邊站著一個，右邊那兩人很熟悉，左邊那位倒是有些陌生。

那女生穿著華都的制服，背著皮製書包，紮著低馬尾。這個角度看不到正臉，背影不胖不瘦，個子高，目測少說有一百七，陽光之下，筆直地站在人群中央。

她手裡拿著一根羽毛模樣的東西。

再看看丁可萌和那兩個學生，大體能猜得出發生了什麼。

丁可萌低著頭，好像很緊張，嘴裡不停嘀咕著。

周圍的人越來越多，小聲說話，丁可萌有點受不了了，她將校服領口拉高些，試圖遮擋臉頰。

徐雲妮見了，有些不解，說道：「怎麼也不該是妳見不得人吧？」她拿著羽毛，轉向旁邊兩人，「同學，你們這是幹嘛呢？」

那兩人沒說話，可能臉皮不算厚，被這麼圍觀，臉上有點掛不住。

見他們不回答，徐雲妮拿起惡作劇的道具，問丁可萌：「是妳還，還是我替妳還？」

聲音不算大，語速也不算快，相當平常的音調。

吳航問：「哪來的正義使者？」

時訣沒說話。

吳航：「我們學校的？」

時訣：「不是穿著校服嗎？」

「不可能啊……」吳航琢磨著，「有這號人物怎麼一點印象都沒有呢？」

時訣沒說什麼，把吳航手裡的耳機拿過來，重新戴上，往教學大樓走。

吳航追過去：「哎哎！等等我啊。」

他們一路進到教室。

教室裡算不上安靜，吳航剛落座，就跟後座同學聊起昨晚的球賽。

上課鐘響了。

一個學生進了教室，說：「哎，你們知道嗎？我剛路過教務處，我們班要來轉學生了。」

吳航正在聊天，聽到這話，馬上回過頭。他本想跟時訣聊聊，但時訣一直戴著耳機，吳航知道他在忙，就沒打擾。

又過了一下，班導師進來了。

時訣又聽完一遍歌曲，睏得再次打哈欠，朦朦朧朧間抬起眼，看見班導師帶著那女生走進來。

一個簡單得不能再簡單的清晨。

窗外有鳥在叫，太陽緩慢爬升，耳機裡響著單曲循環的低劣流行曲。

三班的班導師是個四十幾歲的理工男，本名姓張，但學生私下都叫他「華老闆」。因為他的眼鏡永遠架在鼻梁下半部，看人總是微抬著頭，情緒容易激動，每次瞪眼的時候還有那麼一點點鬥雞眼，特別像《唐伯虎點秋香》裡面的華文、華武。

華老闆站到講臺上，清清嗓子，對下面說：「今天班裡來了新同學啊，叫……」想了一下，沒想起來，他問那女生：「妳叫什麼？要不要自己介紹一下？」

「好，」女生轉向全班，非常大方地自我介紹道：「大家好，我叫徐雲妮，是從外地轉學過來的，非常高興能來到華都這個新團體。都說高中是一個人學習生涯中最美好的時光，我也希望能在這個緊張又充滿希望的高三生活中——」

Blablabla……

秋意深濃，日光正好。

洋洋灑灑，沒完沒了。

華老闆總結：「嗯，徐雲妮同學是從外地轉來的，大家多多照顧，要互幫互助。那個，馬上上課了，妳就直接入座吧。」

徐雲妮看向華老闆，兩人對視幾秒，華老闆說：「還有事嗎？」

徐雲妮好聲詢問：「請問老師，我坐哪？」

吳航忍著笑：「我們華老闆小腦問題越來越嚴重了。」

「哦，」華老闆這才想起來沒安排座位，他架著厚厚的眼鏡片，掃了一圈，「我看看啊，妳坐哪呢……」

他選了一陣子，徐雲妮不理解為什麼要選這麼久，明明有不少空位，她說：「老師，不是全是空位嗎？我坐哪都行。」

華老闆：「這些座位都有人，有事沒來。那個，妳近視嗎？」

徐雲妮：「沒近視。」

華老闆指著後面倒數幾排的位子，「那妳先坐那吧，我過幾天再調整。」

徐雲妮點點頭：「好。」

她下了講臺，走過走道，一陣風一樣。

沒多久，開始上課了。

上了半天課後徐雲妮才知道，班裡沒來的人大部分都去集訓了，華都的學生裡有八成是藝術類考生，現在是高三上學期，不少人開始衝刺專業考試，學校的課程安排很配合，一天中只有較短的時間做學科複習，用的教材難度也偏低。

徐雲妮看著班導師發給她的百日學案，決定今晚自己再制定一份複習計畫。

下午，徐雲妮被年級主任叫去一次，關心一些有的沒的。

牆上的時鐘滴滴答答。

轉學第一天，就這麼不痛不癢過去了。

華都沒有強制晚自習，自願留班，也可以去練習藝術專長。本班貌似學習風氣不濃，放學鐘一響，人基本都走光了。

校門口人流攢動，學生三五成群，有說有笑。

時訣走出校門，來到馬路對面的便利商店，剛走到門口，裡面出來個人，欻一下從身邊晃過，一道閃電似的。

他微側過身，徐雲妮背著書包，嘴裡咬著剛拆開的三明治，大步流星離去。

手機震動，時訣看著那背影，一邊接通電話。

電話是崔浩打來的。

『你放學沒？』

「剛放。」

『那過來一趟。』

「幹嘛？」

『請你吃飯。』

以時訣對崔浩的瞭解，這個時間叫他過去肯定不是為了吃飯。

崔浩催促道：『別磨蹭啊，馬上過來。』

華都藝術中學離崔浩那邊不算近，幾乎橫跨半個市區，不塞車來回都要一個多小時，時訣犯懶，沒事的時候不會過去。

地鐵轉公車，大概四十分鐘後，時訣下了車。

下車後又走了一下。

這一帶是本市老牌商業區，非常繁華，商店街上燈影閃爍，全是光汙染。大街上滿滿都是人，年輕人偏多，連體嬰似的，你抱著我我摟著你，黏膩放閃。

不多時，他來到一幢矮樓前，矮樓一樓是間電玩城，旁邊是家酒吧，側面有條巷子，走進去後兩邊還有幾棟舊大樓，矮樓外側是金屬外置樓梯，特地保留上個世紀的風格型建築，在路燈照耀下，有點廢舊工業區的味道。

時訣兩手插口袋，來到一個塗著塗鴉的門前，踢開擋路的空飲料瓶，推門而入。

裡面隱隱傳來音樂聲。

店裡看起來比外面寬敞一些，一條走廊筆直向前，兩邊有幾間大小不一的教室，走廊牆上貼滿了各種照片、搞怪塗畫，還掛了一堆獎牌獎狀。

進門左手邊是前檯，牆上嵌了一個用霓虹燈拼出的店鋪 LOGO——Silent Dancing。

這家店原本的名字是 HUMM，形容轟鳴的聲音，今年年初被崔浩改成了這個，時訣問過他為什麼要改，崔浩對此的回應是——關你屁事。

前檯裡坐著一個短髮女人，此刻臉色不佳，外面靠著一位明豔熱辣的女士，兩人正聊著天。這是崔浩的好友兼合夥人魏芊雯，以及店裡的的 jazz 老師 Delia。

時訣與她們打招呼。

Delia說：「你哥在裡面呢，你過去吧。」

時訣路過走廊，兩間教室都在上大課，鼓樂聲震得人胸口發麻。

他來到黑漆漆的休息區，有個人背對著坐在沙發上，正在用手機。時訣走過去，乾癟的書包往旁一丟，垂直落進沙發。

蠻有彈性，還顛了一下。崔浩嚇一跳，手機險些脫手，緊皺眉頭罵道：「幹他媽什麼呢！」

崔浩是SD舞社的老闆。

不過他長得完全不像跳舞的，倒像混黑道的，練舞二十幾年也沒能中和他濃烈的街頭氣質，他個頭不算高，偏瘦，面相凶，透過「相由心生」可粗略推得，脾氣也較為暴躁，為數不多的耐心全部偽裝給了學員。

崔浩穿著一件黑色短袖，外面套著一件薄襯衫，襯衫皺巴巴的，看起來好久沒洗過，主要是為了在學員家長面前遮那兩條花臂。

他這麼一瞪人，十個人裡九個都會哆嗦。

時訣就是剩下那個。

他上一天學有些累了，連個像樣的表情都不願意擺，癱在沙發上。

「不是要請我吃飯嗎？飯呢？」

崔浩沒理他，接著傳訊息。

過了一下，他手機一收，點點他，說：「找你來有個事啊。」

時訣頭偏到一旁，就知道。

「你等等幫我代個課。」崔浩說。

「什麼課？」

「上週末的那個，後半部分你搞了沒？」

「正弄著呢，破歌聽得我都要吐了，你不是說週五才要嗎？」

崔浩略微思索，說：「無所謂，一半也夠用了，她肯定學不完的。我們約了今晚，但我這邊突然有急事，等等要出去一趟，你替我撐一下就行。」

時訣皮笑肉不笑，說：「好一個『過來一趟，請你吃飯』。」

崔浩擺手，「人已經到了，就在樓上呢，你去吧。」

時訣起身，準備往更衣室去。

「哎，對了，」崔浩又叫住他，囑咐說：「她脾氣有點怪，你順著來，穩住她等我回來。她要是問我去哪了，你就說我去改音樂了。」

時訣聳聳肩，往外走。

他去更衣室換了身運動服，穿越走廊回到店門口，前檯後就是樓梯。

時訣跟魏芊雯要了一頂帽子扣在頭上，上了二樓。

ＳＤ二樓不對外開放，是崔浩接一些比較重要的專案所安排的地點。這層只有一間大教室，門口放著幾株綠植。二樓環境較好，相較一樓安靜許多，走廊上鋪著隔音的毯子，空氣裡瀰漫著淡淡的清香。

時訣來到練舞房門口，敲敲門。

一個戴眼鏡的年輕人開了門，看見時訣，有點詫異，問：「你是誰？」

時訣說：「你好，是崔老師安排我來的。」

年輕人看起來像是助理，讓開身子，「你先進來吧。」

屋裡還有一個女人，看年紀大概二十七八歲上下，穿著運動服，翹著二郎腿在音響旁滑手機。

女人叫林妍，算是個明星，紅過，現在稍微有點過氣了。

時訣朝她行了禮，說：「林老師好，崔哥讓我先來跟您對一下舞蹈的前半部分。」

林妍從手機上抬起頭，上下打量他，問道：「崔浩呢？」

時訣說：「崔哥在跟音樂那邊溝通，曲子後半部分的節奏可能還要調整一下。」

林妍又問：「哦，他的音樂通常都是找誰改的？」

我。

時訣說：「崔哥合作的音樂人還挺多的。」

這是崔浩剛編的藉口，編得不算細，大概是認為以林妍的性格，不會關注詳細調整內容。

果然，林妍沒有繼續問下去。

她笑著說：「崔浩還挺用心的？」

時訣也笑著回應：「崔哥對待工作一直都很認真。」

助理關好門，時訣過去打開音響，轉身對林妍說：「那林老師，我們先來熱下身吧。」

同一片月色下。

計程車停在一片住宅社區前。

社區名字「頌財公館」，惡俗，但貴，從正門開始，一路要刷四五道關卡才能進去家門，探監都沒這麼多道程序。

徐雲妮走在路上，周圍栽滿綠茵，吸收了社區內本來就沒多少的聲音，靜謐非常。

最後，徐雲妮停在一幢小別墅前，裡面亮著燈。

徐雲妮按門鈴，保姆張阿姨來開了門。

徐雲妮換了拖鞋進門，路過餐廳，趙博滿熱情地舉起手，「妮妮！放下書包快來吃飯吧！」

徐雲妮先跟他們打招呼，「媽，趙叔，我先上樓整理一下，馬上就下來。」

趙博滿樂呵呵的：「好，好。」

他目送徐雲妮上樓，轉頭跟李恩穎小聲說：「還好，其實之前我還有點心虛呢，怕妮妮因為學校的事怪我。我跟妳說，我前幾天一看她後背就出汗。」

李恩穎說：「你也太誇張了，還出汗，反正你快點幫她往外轉吧。」

趙博滿：「我知道，我正聯絡呢，學校回覆得太慢，唉，老爺子沒了之後確實……」

李恩穎拍拍他的手臂，安慰道：「別想那些。」

「好好，都聽妳的，」趙博滿又說：「妮妮被妳教得真好，哪像我家那個小子，」他往樓梯方向看看，「吃飯都喊不下來。」

李恩穎拆著碗裡的螃蟹，說：「小帥也挺好的啊，愛好廣泛。」

「什麼廣泛，天天瘋玩！」

「年底又要去他媽媽那邊了吧，現在想玩就玩幾天唄。」

「唉，就玩吧，在國外也是大手大腳的，都被寵壞了，」趙博滿繼續捧一踩一，「還是妮妮懂事，成績好又有禮貌。就是看起來有點嚴厲……嗞，也不是嚴厲，就是有點……」

他欲言又止，李恩穎說：「我懂你的意思，我女兒看起來是有點冷，她從小到大都這樣，小時候我還帶她去醫院查過，什麼問題都沒有。後來別人介紹給我一個大師算了一下，人家說她有點『犯孤星』。」

「啊？什麼意思？」

「反正就是性格有點直？不容易親近？我沒記住，後來那大師詐騙被抓進去了。」

「哦哦！這種都是要騙妳給錢的，不能信！」

「當然不能信，你相處久了就知道了，妮妮其實特別熱心，就是臉上不太顯現。」李恩穎頓了頓，又說：「有點像她爸，從小就是。」

趙博滿一聽這個，趕快轉移話題，「哎，妳有沒有問過妮妮想不想出國？她有什麼理想職業嗎？法律？金融？這次我提前找人幫忙聯絡一下，肯定不會出問題！」

「她的事都自己做主，有需要會跟你說的。」

「我就怕她不好意思開口。」

「那不可能的，你放心好了，我女兒終極務實，沒人比她更會利用資源。」

此刻，又熱心又務實的徐同學已經上了樓。

轉角處碰到從房間裡出來的趙明櫟，頂著亂糟糟的雞窩頭，戴著耳機一邊走一邊說話，像是在跟人連線打遊戲。他低著頭用手機，腳下歪七扭八走不了直線，徐雲妮拚命躲也沒躲開，終究撞上了。

「哎！呀呀呀呀！」趙明櫟絆了一下，趕緊往旁邊站，他以為是張阿姨，結果一抬頭是徐雲妮，「啊，妳回來啦。」

趙明櫟比徐雲妮小一歲，其最大特點就是趙博滿形容的愛玩，性格大大咧咧，有那麼點紈褲，但尚在控制之內。

徐雲妮問：「不吃飯嗎？」

趙明櫟抓抓雞窩頭，說：「你們先吃吧，我等你們吃完再下去，我爸太能嘮叨了！」

徐雲妮點點頭，就上樓了。

她回到自己的房間，簡單洗手洗臉，換了身衣服。

屋裡有些亂，擺了不少箱子，她剛搬過來不久，東西還沒整理完。她沒讓保姆收拾，習慣自己整理，因為又要忙轉學的事，只能一天理一點。

看看時間，徐雲妮擼起袖子，決定五分鐘內弄好一個箱子，再去吃飯。

她手腳俐落拆箱搬書，拿著拿著，露出底下一張照片。

這是他們一家三口的合影。

徐雲妮看著照片，陷入回憶，這是哪一年？

徐志坤難得從工作抽身，回來陪她過生日。照片裡的徐志坤，皮膚棕黑，高大硬朗，他站在李恩穎和徐雲妮身後，一雙強健的手臂將二人完全包裹起來。

徐雲妮拿著照片看了一陣子，越看越覺得自己的表情實在有點呆，還是李恩穎最漂亮，紅紅的嘴唇，彎彎的眉眼，搭配著深藍色的絲絨連身裙，像一朵深夜裡盛開的花，既優雅，又美麗。

徐志坤沒有笑，倒也不能說沒笑，只是沒有傳統意義上的「笑」，對熟悉他的人來說，他這放鬆的神態，就等同於他在笑了。

徐雲妮的父母是完全相反的類型，李恩穎的家庭條件好，從小被寵著長大，身心嬌貴，性格天馬行空，甚至有點無厘頭。而徐志坤則很早就沒了父母，基本上是白手起家，從前當兵，後來進了檢察院，一直奮鬥在第一線，沉穩老派，堅韌不拔。

兩人教育理念不同，李恩穎主打愛與自由，通俗講法就是放養。徐志坤則是嚴厲刻板，李恩穎懶得跟他爭，於是徐雲妮的童年就全栽在徐志坤手裡了。他各方面的要求都是最嚴格的，徐雲妮稍微犯錯就會挨揍，手心屁股沒少開花。徐志坤的戰友看到都開玩笑說：「你這是帶兵還是帶孩子？」

徐雲妮卻一點也不討厭這種教育方式，並認為這種生活會永久持續下去。

但是人生的意外來得很快。

徐雲妮沒想到，這竟然是徐志坤陪她過的最後一個生日。

往後一年的生日，徐志坤因為工作沒有回來，而第二年，他去世了。

沒有什麼盪氣迴腸的故事，這個鐵骨錚錚的漢子是病死的。

腦瘤。

從發現，到兩場手術，再到死亡，僅僅半年多。

快到讓人反應不過來。

徐雲妮牢牢記得他最後一次清醒的時候，對她說的話——「爸爸往後不能看著妳了，妳要照顧好自己和媽媽。妮妮，不要哭，以後的生活不可能一帆風順的，不管遇到什麼事，都要堅強一點。」

門口有人敲門。

張阿姨在外說：「徐小姐，吃飯嗎？我剛剛幫妳重新熱了湯，怕等下又涼了。」

「徐小姐」這個詭異的稱呼讓徐雲妮後頸麻了一下。

她對張阿姨說：「馬上，我這就來。」

張阿姨走了，徐雲妮的目光重新落回照片上。

放哪呢？

這張照片很珍貴，之前的家裡，徐雲妮都放在床頭。

她想了想，還是決定把它收在箱底。

當年，徐志坤的突然離世讓李恩穎澈底崩潰，李恩穎從小沒吃過什麼苦，這突如其來的打擊讓她緊張、失眠、焦慮、憂鬱。那段時間她連話都不說了，像是驚弓之鳥，一點點事情就怕得不行，光是聽到「醫院」兩個字都能嚇得手腳冰涼，渾身發抖。

徐雲妮來不及為父親的離去感到哀傷，就要履行答應他的那句「照顧好媽媽」。

那段時間太過混亂了，李恩穎經常犯迷糊，比如過馬路時不看車，或者燒水的時候把電熱水壺直接放到灶臺明火上。

徐雲妮盡可能不離開李恩穎，貼身照顧她。

有一次，她連續三十幾個小時不睡覺，下樓時差點栽了下去。

在大家都要撐不住了的時候，徐雲妮的外婆過來了，說自己以前工作的學校最近要舉辦校慶，邀請不少校友。那也是李恩穎當年就讀的學校，外婆硬是把李恩穎推去參加活動，讓她散心。

在那次活動上，李恩穎見到了趙博滿。

趙博滿和李恩穎從小認識，一直當同學，到高中才分開。他的家庭條件比李恩穎好一點，父母認識李恩穎爸媽，算是知根知底。趙博滿跟徐志坤是完全不同的類型，是個和顏悅色的老好人，說好聽點是脾氣好，難聽點就是任人宰割的小綿羊。

趙博滿的出現改變了一些情況。

彼時趙博滿已經離了婚，孤家寡人，他對李恩穎展開追求，李恩穎拒絕了他，但他沒有放棄。

幾年下來，他與李恩穎兜兜轉轉，最終還是走到了一起。

徐雲妮多少知道一點趙博滿的事，他現在在做醫藥方面的生意，不過基本是掛個名字，不怎麼工作。他被前妻嫌棄性子軟，沒本事，年紀挺大了還像個沒出社會的大學生，幼稚天真，工作的底子全靠他爸的關係維持。

前妻家庭條件也好，選擇多，沒幾年就跟他離婚了。

去年趙博滿父親心臟病去世，對他家打擊頗大，趙博滿現在都要偶爾出去跑跑業務了，但畢竟底子還在，暫時沒影響他們過日子。

一開始徐雲妮不太明白，為什麼在與徐志坤那樣的男人相伴多年後，李恩穎還會喜歡上趙博滿。相處一段時間後，她大概理解了，有的時候，人的缺點也能變成優點，趙博滿這種絲毫沒有攻擊性的軟綿黏人的氣質，可能正是李恩穎目前所需要的。

趙博滿在徐雲妮心中肯定不能與徐志坤相提並論，但他確實在他們家最困難的時候提供了幫助，對自己也相當不錯，徐雲妮是心懷感謝的。她不知道李恩穎跟他未來會如何，她希望他們可以順其自然發展下去，她一直盡力配合。

收好照片，徐雲妮下了樓。

ＳＤ舞社內。

時訣的課還沒結束。

崔浩跟他說過，林妍要參加一個電視節目，裡面有段劇本是她在商場做臨時演出，要根據商場放的歌曲進行 freestyle。

當然了，真正的 freestyle 是不可能的，曲子已經事先準備好，時間大概兩分半。

上個週末崔浩拉著時訣敲定了前半部分曲子的內容，因為不能有太明顯的編舞痕跡，所以整體風格自然隨性，還要適當加入些停頓。

時訣看著林妍的表現，耐心解釋說：「林老師，這個停頓不能完全停下，這是表現您在思考音樂，要適當加入一些身體律動，您根據自己的風格來就可以了。」

林妍擺手：「別，你們都編好了，可別讓我自己想，我累死了。」

「好的，」時訣想了想，而後打了個響指，「那這樣吧……」

整場教學情況跟崔浩分析的差不多，林妍今天不可能學完第一段內容。猛練了一陣，林妍體力透支，時訣看她滿頭是汗，說：「我們先休息一下。」

林妍累得說不出話來，點著頭往旁邊走，後面的助理連忙跟過去。林妍癱坐在沙發上，助理在她身邊幫忙擦汗，將打開的水瓶遞給她。緩了大概三五分鐘，林妍喘勻氣，看向站在鏡子前那個沒有絲毫疲態，還在確認動作的年輕人。

她從頭到腳掃了一遍，問道：「我怎麼沒見過你啊，你是這的新人嗎？都教什麼啊？」

時訣回過頭：「我在這有些日子了，偶爾上課，主要教小孩。」

林妍意有所指地說：「該讓你教大人啊，帶小孩不是可惜這條件了？」

時訣笑了笑。

他戴著帽子，不太容易看得清面孔，林妍就盯著他的脖頸、肩膀，和下半張臉看。

「你跟崔浩是什麼關係？你的舞是他教的？」

「不完全是，崔哥教了我一半吧。」

「那剩下一半呢？」

時訣隨口道：「各個地方學了點，後來到了這，就跟著崔哥了。」

林妍點點頭，讚賞道：「你跳舞比崔浩好看多了，崔浩身材太差了，比例五五分，拿再多獎有什麼用？」

時訣說：「您別這麼說，崔哥的實力比我強多了。」

林妍起身往他這邊走，接著說：「崔浩的毛病不只是身材差，我跟他認識這麼長時間，他現在腦子越來越不好了。」

不知不覺，林妍已經走到時訣面前，帶來一股非常濃烈的香氣。

「我問你，你喜不喜歡這個編舞？」林妍問。

時訣垂著眼眸看她：「我覺得這個舞蹈的編排很適合老師您的風格。」

林妍稍彎下腰，歪著頭，眼睛上挑，想要看清他帽檐下的樣貌。

「確實長了一張適合騙人的臉……」她念叨著，「脖子真長，唉，還是年輕好啊，稍微運動一下皮膚就跟透著光似的。」說著說著，她語氣忽然轉冷，「我問你，崔浩的精力是不是都放在那個小模特兒身上了？」

時訣：「什麼？」

林妍冷冷道：「我都看到了，一個三流綜藝，舞臺打磨到那種程度，不管音樂還是舞蹈樣樣拿得出手，結果對別人就這麼敷衍。怎麼，是我錢沒付夠嗎？」

時訣知道崔浩對林妍這個工作不夠用心，崔浩總覺得林妍蠢，什麼都看不出來，現在突然被指出，時訣居然沒忍住，笑了一下。

林妍看著他彎起的嘴角，好像也被帶動著，語氣輕鬆道：「我看你功底不錯，要是崔浩真的太忙的話，你有沒有興趣來編舞？」她手指不經意在時訣身上一戳，時訣往後退了退，後背貼到鏡子上。

林妍的助理拿著毛巾和水瓶，安安靜靜站在角落。

時訣笑著說：「這恐怕不行，接私活我要被罵的。」

林妍覺得他的嗓音很好聽，不管說什麼，總是那種不急不徐的腔調，音色清澈，含著磁性，而且可能是聲帶使用天生就是正確的方式，說話還隱隱帶著共鳴，在她這種歌手的耳朵裡，有意無意的，簡直像是在按摩一樣，聽得她渾身舒服。

他的一切反應都像是鼓勵，林妍又往前半步，說：「管得這麼嚴嗎？你們簽合約了嗎？」

不待時訣開口，舞房的門開了，崔浩回來了。

他一進屋看見這種場景，趕忙快走了幾步，站到林妍和時訣中間打圓場。

「……哎呦，姐，姐，一個小屁孩，什麼都不懂，妳別跟他一般見識。」

其實崔浩年紀比林妍大，但這聲姐還是要叫。

林妍細眉微抬：「說什麼呢，搞得像怎麼了一樣，有什麼事啊，什麼事都沒有。」

「好好，沒事就好，沒事就好，我是怕他不會教，讓妳不滿意了。」他遞了個眼神給時訣，「你走吧，接下來我來。」

時訣又朝林妍低了低頭，說：「林老師再見。」

林妍笑著回應：「再見。」

和樂融融。

離開練習室，關上身後的門。

周圍瞬間安靜下來。

時訣摘下帽子搧搧風，還是覺得有股味道。他不清楚林妍今天有沒有噴香水，可能噴了，也可能是長年累月醃入味了，再加上她出了一身汗，氣味就更嗆了。

他走到盡頭的洗手間洗了把臉。

下了樓，Delia 正在與魏芊雯小聲說話，他從前檯拿了瓶運動飲料，坐進沙發裡。

魏芊雯的視線瞄向樓上，問時訣說：「你知道你哥剛才去幹嘛了嗎？」

時訣：「不知道。」

魏芊雯說：「犯大病了！」

時訣想起剛才林妍的話。

魏芊雯說：「你哥去年在一個活動上認識個小模特兒，一直聯絡到現在，人家比他小了十四歲，還沒你大呢！」

時訣「呵」了一聲，說：「真行。」

魏芊雯被他這反應搞得十分無語，Delia 在旁邊笑，說：「雯姐妳問錯人啦。」

魏芊雯不放棄，更進一步說：「年紀小，早早不讀書了，在圈裡混，崔浩現在追人追得起勁，花錢如流水，還以為自己情聖附體呢，你勸勸他吧！」

時訣把水瓶放一旁：「我勸得動他？」

魏芊雯威脅說：「年底店鋪還要裝潢，再讓他這麼花下去，課程鐘點費都要出問題了，到時候你哥肯定先賒你的帳。」

時訣像模像樣質疑一聲：「別吧。」

魏芊雯忍不住用手掌拍拍桌面。

時訣看她不依不饒，終於點點頭，說：「行，那我去說一說，賒帳可不行。」

雖然嘴裡是這麼講的，但看不出有幾分認真。

外面進來了人，約了體驗課，魏芊雯帶人去參觀舞社環境。

剩下Delia和時訣。

「你怎麼一點都不八卦呢？」Delia問。

「八卦什麼？」

「那個小模特兒啊，我見過她，長得跟有村架純一模一樣，全方位戳中老崔癖好。這次他好像是來真的了，所以雯姐有點不高興，你體諒體諒。」

時訣不置一詞，靠到沙發裡。

Delia評價說：「你要麼真去勸勸？我也覺得有點不可靠。」

時訣翹著二郎腿滑手機，說：「他高興就談，真被玩了就分唄，有什麼可勸的。」他從手機上看來一眼，「該是妳勸勸雯姐，這種事外人越插手他越起勁。」

旁邊飲料櫃的燈照在他的側臉上，泛著清淡的光。

Delia 小小挑眉，沒再說什麼。

過了一下子，魏芊雯回來了，手裡拿著一袋剛買的漢堡，交給時訣。

他三兩口解決掉。

魏芊雯問他：「你要回去了嗎？」

「在這待一下，」時訣躺在沙發上，「都出來了，回去也沒事。」

到了晚上大課時間，學員陸陸續續來了，今晚有青少年組的課，都是十四歲到十八歲的學生，這也是舞社裡最活躍的一批人。

幾個女生嘰嘰喳喳結伴進了店，年紀都不大，一股青春氣息。她們一看見前檯後面沙發上躺著的時訣，頓時收聲，捂住嘴，有點激動地相互抓手臂。

Delia 把一堆手牌舉高晃了晃，說道：「美妞們，跟我上課去啦，他有什麼好看的！」

學員們嘻嘻笑著，拿走手牌。

Delia 帶著學員們離開，後面還站著一個女生，只有十三四歲，已是出水的芙蓉，藏不住的美人胚子，一頭烏黑披肩的長髮，容貌清純美麗，臉上還殘留著嬰兒肥，氣質很安靜。

這是崔浩的妹妹崔瑤。

「瑤瑤，來了？」魏芊雯笑著說。

崔瑤點點頭，不說話，往前檯裡看了一眼，就進到裡面去了。

魏芊雯看著她的背影，說：「這孩子怎麼越來越內向了。嘖，還是崔浩，太愛管人了，什麼都要安排，他也不想想他自己年輕時什麼樣子？我剛認識他那陣……」

時訣在沙發上翻了個身，悄悄戴上耳機。

就這麼躺了近一小時。

大課下課了，學員們熱熱鬧鬧出了教室。

路過前檯，一個活潑的找準時機往裡面鑽，魏芊雯眼疾手快，逮貓一樣把人拎了出去。

周圍的人在笑。

魏芊雯今年三十有二，圓臉圓眼睛，留著一頭幹練的短髮。她是崔浩多年好友，之前做過崔浩的經紀人，後來崔浩退圈開了舞社，把她挖了過來。崔浩沒什麼經營能力，只管技術教學方面的事，店裡的運營和各種活動，基本都是魏芊雯負責。

「小美女們，工作地點，閒人不得進入哈。」

那女生振振有詞：「不是閒人，我來拿水的！」

旁邊的人：「就是就是！」

嘰嘰喳喳，應接不暇。

時訣從手機上偏開眼，看向前面，「要什麼水，我拿給妳。」

那女生沒想到他會接話，「呀」了一聲，手扶著臉，激動地說：「你拿什麼我喝什麼！」

更衣室裡換好衣服出來的 Delia 聽到這句，學著女生的語氣往下接：「哥哥就算拿毒藥來我也甘願了！」

女生猛點頭：「對對對對對！」

大家被逗得前仰後合。

時訣已經習慣了，從沙發上起來，拿了瓶水過來。

女生剛要接，時訣又拿開點，有點好奇似地求證道：「真甘願嗎？」

女生一愣。

他說：「別騙我了。」水輕輕落到檯面上。

大家都在打趣逗樂，時訣也是，但他這兩句說完，原本奔放爽朗的女生臉突然像燒著了一樣，從頭紅到脖頸。

Delia 在旁說：「看到沒，少撩，撩不動的。」

學員們還是不想走，團團圍著時訣。

知道撩不動，多看兩眼也高興。不少人根本沒上他的課，也一口一個老師叫著。

Delia 已經披上了外套，手裡拿著包。她是兼職，來這上課純屬興趣愛好，白天還有別的工作。魏芊雯到門口送她，Delia 最後看了後面那擁擠的畫面一眼，小聲道：「又開始營業了……」

魏芊雯陪她出了店，說：「營業好啊，不然這店能這麼有人氣？」

Delia 有點無語：「現在的小女生怎麼都喜歡這種涼薄的男子。」

魏芊雯：「不只學員喜歡，家長還喜歡呢！都回饋時訣上課認真，有耐心，盡職盡責。」

Delia：「賺錢的事他是超認真的。」

「當家的早嘛，」魏芊雯說：「他也不算涼薄吧，正事心裡都有數。崔浩以前說過，時訣只是從小經歷得多，比較難進他心裡。」

Delia 疑惑：「有人進去嗎？」

「有啊，崔浩啊，」魏芊雯笑著說：「時訣都把崔浩寵成什麼樣了，沒感覺出來嗎？」

店內。

崔浩從樓上下來，臉色極其差。

時訣問：「人呢？」

崔浩說：「跟助理從側面樓梯走了。」

崔浩走過來，學員們看出他心情不佳，不敢再鬧，還了手牌散掉了。

崔浩靠著冰櫃沉思片刻，問時訣說：「剛剛你跟林妍上課怎麼樣？」

時訣說：「她不太滿意。」

「我知道，平時隨便得要死，這時候又講究起來了。」崔浩又看看他，「你沒事吧？」

時訣好笑道：「我能有什麼事？」

「那就行，這群人真是一個比一個難伺候，這點錢賺的，真他媽的……」

魏芊雯送完 Delia 回來看店，崔浩朝時訣抬抬下巴。

「走，沒課了，陪我出去逛一圈。」

初秋的夜，微微清涼。

崔浩與時訣一路散步，來到一座跨橫道路的人行天橋上，橋很寬，站在上面往下看，是來往八車道的城市骨幹。

車輛和路燈組成了長長的金龍，穿遊在城市之間，疾馳而過的車子發出呼嘯聲。

他們站在橋上，時訣對著夜色舒展一下肩膀。

那邊崔浩則是一邊抽菸，一邊深深嘆氣。

嘆到第三遍的時候，時訣終於看向他，「你怎麼了？」

崔浩搖頭。

時訣問：「煩惱林妍的舞蹈？」

崔浩依然搖頭。

時訣：「還是感情出問題了？」

崔浩皺著眉頭看過來，「說什麼呢？」

「沒追到嗎？你那個有架……什麼純？」

崔浩嘖了一聲，他一晚憋了一肚子氣，再被時訣這麼調侃，恨得腦袋瓜都要炸了。他剛想罵幾句，忽然想到什麼，話鋒一轉，問：「你知不知道林妍剛剛跟我說什麼？」

時訣一看他那表情就知道話題要往什麼方向走，還是順他的意思接了話，「說什麼？」

「林妍問我你有沒有女朋友。」崔浩哼笑著，「她太喜歡你了，問你喜歡什麼類型的，我說這我哪知道啊。」

「你不知道嗎？」

「我上哪知道！」

「你不知道可以問啊，我喜歡比我小十四歲的。」

崔浩呼吸一滯，再看時訣那副無所謂的樣子，一股火沖得他心跳加速，他知道肯定是魏芊雯跟他說了什麼，硬把話題拗回來，「林妍說了，你要是有需要，她就幫你介紹。」

「介紹什麼？」

「女朋友！」崔浩哼了一聲，一臉你知我知的表情，「其實，也不是介紹女朋友，就是介紹……嗯，你懂吧？」

時訣看著他，忽然好奇道：「以前有人跟你說過這種嗎？」

崔浩一頓，時訣笑了：「沒有啊？」

一張清涼的臉，一道永遠擊不穿的防線。

崔浩的頭又疼起來了，這事要是這麼了結他晚上要睡不著覺了，他祭出絕招，掏出手機指著時訣：「裝是吧，你給我等著。」

時訣看他這姿勢，問道：「幹嘛？打給林妍啊？」

崔浩：「打給你媽。」

「哎，」時訣手從口袋裡抽出來，對他這行徑十分看不起，「你怎麼玩不起呢。」

崔浩看他這樣，終於滿意地放下手機。

跟時訣拌嘴，極難討到便宜，主要是性格使然，此人心薄臉厚，說什麼都不太容易刺激得到他，還好有他媽能搬出來。

雖然有點勝之不武，但是階段性吵架吵贏，崔浩心情還是順了點。

他們回到ＳＤ。

時訣又玩了一下才離開，到家已經快十二點了。

他悄悄進門，累得一屁股坐在沙發上，燈都沒開。月光從陽臺灑進，小客廳裡泛著寂靜的青灰。他乾坐了片刻，還是感覺很餓，那一個漢堡根本不夠吃。但他媽已經睡下，他怕弄出動靜吵醒她，猶豫了一下，還是直接回了屋。

結果第二天天沒亮，人就被餓醒了。

時訣從床上慢慢爬起來，揉揉腦袋。

他媽已經出門了，他去儲物間翻了兩包泡麵，再打兩個雞蛋，煮在一起風捲殘雲吃了。

收拾完桌子，洗完碗筷，看到客廳角落堆放的箱子，他過去看了一眼，發現是準備退的快遞。

他找來剪刀，直接拆了，把退貨的標籤連帶著包裝一起扔掉。

一看時間，還早。

他原本想吃完回去接著睡，但這麼一折騰，睡意全沒了。

洗臉換衣服。

他背著書包來到華都，踏入教學大樓。

因為太早了，一切都靜悄悄的。

他習慣走後門樓梯，上了四樓，轉進清冷的走廊——他停下腳步。

三班後門門口，有個人正偷偷摸摸躲在玻璃窗旁往教室裡看。

時訣慢悠悠走過去，伸腿過去磕了一下她的鞋幫。

丁可萌後背一縮，不滿地回頭，看見身後的人，瞬間臉上一僵，低頭跑了。

時訣目送她走，轉身往教室裡瞥了一眼。

一個坐得筆直的背影。

奮筆疾書，不動如山。

教室裡的徐雲妮老早就發覺有人在看她，忍到這時終於忍不了了，放下筆，回過頭，一下就捕捉到那道偷窺的視線。

他被發現了，也沒動。

徐雲妮問：「請問你要偷看多久？」

時訣停了兩秒，頭稍微往後轉了一下，又再次轉回。

對他這舉動，徐雲妮自動當成了被抓包後的推卸責任，說：「你往哪看呢？沒有別人了吧，你有什麼事就進來說唄，一直躲後面看什麼。」

時訣猜想，她很可能是把丁可萌的視線混淆到他頭上了。

現在該說什麼？

其實能說的內容挺多的，比如澄清自己，或者說剛剛丁可萌的事。

時訣張著因睏頓而半睜不睜的眼，看著教室裡那道直截了當的視線，淡淡開口，「我就看了怎麼樣？」

徐雲妮以為自己聽錯了，「你說什麼？」

時訣動動嘴角，重複一遍，「我說，我就看了，妳能怎麼樣？」

第二章　神奇物種

這次徐雲妮聽清了。

其實第一遍她就聽清了，只是出於某種常識性的考量，她才發出質疑。

沒想到是真的。

時訣從後門離開。

徐雲妮沒有繼續寫試卷，她覺得自己態度挺好的，可對方那句「怎麼樣」卻帶著一股濃濃的煙硝味，她感覺這事還沒完，所以她放下了筆。

她看著那人走進教室。

他穿著校服，又沒好好穿。

華都藝術中學的校服跟普通高中校服有些不同，很有設計感，裡面是襯衫，外面不是軟塌塌的運動服，而是藏藍色的休閒西裝，下身灰色長褲，版型帶著點剪裁。這人襯衫沒扣到頂，外套也敞開著，兩袖擼到手腕上方，晃晃蕩蕩走過來，往她旁邊的桌面上一坐。

說是坐，其實是搭個邊，手沒從褲子口袋裡抽出來，就這樣看著她。

捫心自問，轉學第一天，站在講臺上往下看的瞬間，有沒有注意到這個人？

昨天放學的時候，推開便利商店大門的瞬間，有沒有注意到這個人？有，但沒有特別注意。

不是因為不值，而是潛意識裡覺得不急。

可能是茫茫間的一種預感，有些人，既然出現了，早晚會被老天送到舞臺中央。

他的骨架發育得很好，年紀輕輕已然高大舒展，整體偏瘦，但不是年輕學生那種吃不胖的乾瘦，而是相當結實的瘦，徐雲妮猜想，他應該經常鍛煉。

他的腳就在她的座椅旁。

有點誇張的比例，看身高大概一百八十多，腿都快到她身邊了，竟然還沒有完全伸直。一雙普通的低筒板鞋，應該穿了很久，倒是刷得很乾淨。

這時，前腳掌稍微翹起來一點。

然後又往地上「啪」的一落，蜻蜓點水般，像在跟她的視線打招呼。

她看回他的臉上。

無比標準的臉型，漂亮的眉眼，鼻梁窄高，白得驚人。他的眉毛在男生裡算相對較細的，但是很黑很直，加上狹長的眼睛，柔和了本有些高冷鋒利的面部線條。

憑心而論，無可挑剔。

這是徐雲妮現實生活裡見過的最好看的人。

此刻，他正帶著巡視領地的鬆弛和氣勢，俯視著她。

「要把我盯穿了，」由於睏乏，時訣聲音稍顯懶散，「差不多了吧。」

徐雲妮直視著他，「你攤開在這，不就是想讓我看清楚嗎？」

有點意外的發言。

不過在他們視線對上的這一刻，時訣沒太在意她說話的內容。

他的注意力最先集中在她的聲音上。

聲音聽起來跟第一天她幫丁可萌解圍時一樣，標準的女中音，音域廣，胸腔共鳴也不錯，特點是清晰平和，輸出穩定。

她依然紮著低馬尾，露出飽滿光潔的額頭，相當素的一張臉，全無修飾，一雙眉毛長而濃密，眼睛又大又圓，其中黑瞳仁的占比很大，無形中削弱了假正經的書呆子味，而增添了一絲直來直去的天然。

徐雲妮一句話說完，等著對方回應。

她等了大概，三秒……五秒？

對面還是沒出聲。

徐雲妮問：「請問你有什麼事嗎？」

時訣：「沒事啊。」

徐雲妮不解：「你沒事站在這幹嘛？」

時訣好像認真思考了一下這個問題，回答說：「為了讓妳看清楚點？」

徐雲妮沒明白他的意思，不等她琢磨出什麼，面前的人就彎腰靠了過來。

他遮擋著窗外的陽光，帶來一片陰影，也帶來一股暗暗的香。

他說：「也為了讓我看清楚點？」

徐雲妮聞著那香氣，聽著那不知道是不是故意壓低的，帶著磁性的嗓音，頭皮像被針扎中似的，絲絲麻麻抽了兩下。

她忽然反應過來，剛要抬手，時訣已經直起身，走了。

徐雲妮盯著他的背影，就見他一個深呼吸，兩手拉在一起，手臂向上抻得老高老長，再然後——竟然直接從肩膀後面繞了下去。

比起剛才的抽象對話，這一下更讓徐雲妮錯愕。

什麼身體構造？

時訣小開了下肩，放鬆身體，舒舒服服坐到座位，戴上耳機，開始補覺。徐雲妮則是足足坐了半分鐘，才重新拿起筆。同時，在心裡對這人下了判詞——一個神奇的物種，從各方面來講。

清晨的教室，安安靜靜。

有人讀書，有人休息。

陽光慢慢爬升，覆蓋教室每一個角落。

同學們陸陸續續到來，稀疏的聲音，逐漸填滿教學大樓。

平平常常的一天開始了。

中午，華老闆把徐雲妮叫去辦公室，發了點資料，然後慣例詢問她適應得怎麼樣，徐雲妮說都挺好的。

華老闆說：「妳要是有什麼問題可以去找班長。」

徐雲妮：「好的。」

她等了一下，不見下文，問：「老師，誰是班長啊？」

華老闆有些驚訝：「妳還不知道嗎？班長就坐在妳斜前方啊。」

斜前方？

旁邊一個老師路過，捧著熱茶，聽見他們的對話，笑著說：「全學校長得最帥的那個人就是你們班班長。」

華老闆忽然看到什麼，朝門外招手：「哎！吳航！時訣跟你在一塊嗎？」

吳航：「在！在！時訣，老師叫你！」

徐雲妮回過頭，看見一人走進辦公室。

神奇物種走到她身邊停下，華老闆介紹說：「他就是班長，叫時訣。那個，時訣，徐雲妮剛轉過來，對我們學校還不是很熟悉，你要做好協調工作，好好照顧一下，多提供幫助。」

徐雲妮的耳邊響起一聲淡淡的「嗯」。

華老闆又看向徐雲妮：「妳要是有什麼問題，或者遇到什麼困難，都可以跟班長說。」

徐雲妮也回了一聲：「嗯。」

這真是，始料未及。

從辦公室出來，兩人一前一後往班裡走。

時訣還是跟早上一樣的造型，敞開著校服外套，兩手插口袋走在前面。走廊裡說話的同學見了他，有的放低聲音，有的主動打招呼。

徐雲妮看著眼前寬闊平整的背。

是她刻板印象了嗎？這是班長？

走到一半他們被幾個低年級的攔住了，一位穿著高二校服的美人學妹大方地拉住他說話。徐雲妮覺得有點尷尬，站也不是，走也不是。後來又圍上來幾個人，徐雲妮順勢從旁邊滑出來，繼續往教室走。

時訣與徐雲妮從小到大對「班幹部」的固有印象相距甚遠，不管是外形、氣質，還是整體行事風格。

藝術中學……難道是靠選美上來的？

胡思亂想，疑慮重重。

不管怎麼說，轉學的生活就這麼開始了。

幾天下來，徐雲妮覺得自己適應得還不錯，沒有碰到需要勞煩班長的地方。

除了學科課程難度偏低以外，華都其他方面都還可以。徐雲妮還特地在網路上查了一下，華都算是個老學校，有幾十年歷史了，一開始是家服裝廠，後來改成了服裝設計學院，再然後涉及專業越來越寬泛，改成了藝術中學，學費還不便宜呢，校園配備設施甚至比起一般公立都要好很多，量產網紅，甚至偶爾還能出一兩位藝術家。

徐雲妮也很快摸清了華都周邊的情況，還挖掘了幾家物美價廉便捷美味的小店。她權衡了一下，回去跟家人商量，晚上在校上晚自習，大概八點多回去，就不在家吃晚飯了。

一切發展，按部就班。

唯一有點遺憾的，就是在新團體中的社交太少了。

其實徐雲妮還挺喜歡交朋友的。

不過她能理解，畢竟都高三了，學生的社交圈子都固定得差不多了，新轉來個人，誰也騰不出空來結交。她自己的複習任務也很艱巨，幾天學上下來，徐雲妮前座的女生跟她借了一片衛生棉，順便說了幾句話，算是她轉學以來唯一一次社交——如果時班長那次不算的話。

拋開這一點，生活還挺順利。

雖然偶爾會出現小小的意外情況。

轉學第四天，徐雲妮被人堵了。

在放學的路上，對方一男一女，徐雲妮都臉熟，正是第一天對人沾尾巴被她攔下來的那二位。

女的說：「妳這樣，道個歉。」

徐雲妮一頓，問：「什麼？」

男的說：「因為妳剛來，不懂事，所以我們大方，妳道個歉就算了。」

徐雲妮側目看一旁的樹叢，秋日的夜晚，路燈照耀在灰色的地板磚上，一片枯黃的落葉翹著兩角，隨著人流帶起的微風輕輕動漾，像艘異世界的小船。

今晚空氣品質還可以，徐雲妮抽抽鼻子，感覺大概算良吧。

女的又說：「等等妳態度好點，我們這邊也好交代，妳心裡有點數，要是——」

「我為什麼要道歉？」徐雲妮視線轉了回來，疑惑地問道：「我做錯什麼事了需要道歉？還有，『這邊』又是哪邊？」

女的脖子一揚，質問她：「妳知道妳得罪誰了嗎？」

徐雲妮：「不知道。」

女的掏出手機：「這樣，我幫妳打個電話，妳自己說吧。」

徐雲妮緩緩吸氣：「你們要麼把事情解釋清楚，要麼就請讓開吧。」

男的往前半步：「哎！不許走！」

他往前半步，快頂到徐雲妮面前了，他或許是想逼退她，但徐雲妮沒動一下。

尷尬在哪呢？

這男生個頭跟徐雲妮差不多高，相似身高下，女生看起來更高一點，因為頭比較小。徐雲妮性情鎮定，這男生被盯得有點心虛了，催促道：「劉莉，妳快點啊……」

僵持之下，劉莉趕緊撥通電話：「蔣銳，給她！」

徐雲妮無奈接過手機，放到耳邊。

手機裡面聽起來有些嘈雜，像是在商場裡，還有主持人播報的聲音：『大家先不要走，我們演出結果後還有歡樂三重禮：信譽卡換購大行動，立減二十元，歡迎新老顧客——』

有人在走動，片刻後，手機裡響起一道不耐煩的男聲，操著濃厚的老菸嗓，『劉莉，說話！』

徐雲妮看了對面的女生一眼，說：「我不是劉莉。」

電話裡的聲音停了停，徐雲妮聽到點菸的聲音。

『妳就是那新來的？』

徐雲妮問：「我是剛轉來沒錯，請問你是哪位？」

『妳不知道我是誰？』

「我怎麼會知道你是誰？」

『妳不知道我是誰妳他媽打個屁的電話？』

「……」

徐雲妮嘴巴微張，聽著這毫無邏輯的一連串發言，再看看面前抱著手臂面色不善的哼哈二將，由衷感覺自己被拉進了一個神奇的位面裡。

甭管在外面什麼樣，進了裡面，都一個樣。

電話裡的老菸嗓繼續說道：『妳讓我朋友在學校沒面子，明白嗎？不過看在妳是新來的份上，我給妳個機會。我告訴妳，丁可萌得罪我了，什麼事妳不用管，妳先跟我朋友道歉，再跟我道歉，別等我回來親自收拾妳！』

徐雲妮看著遠處車水馬龍的街道，勸說對面，「你少抽菸，多吃藥吧。」

說完，把手機塞給身旁愣住的二人。

蔣銳對著手機說：「喂？王哥，怎麼了？啊，好好，王哥你別激動，你說慢點……」

徐雲妮沒再糾纏，從他們身邊走過，逕自離去。

走到十字路口，徐雲妮停下了。

正值尖峰期，街道上人流湧動。

她看著對面被學生和下班的人擠得滿滿的便利商店，想著她喜歡的三明治肯定沒貨了。

要是平時，徐雲妮可能會拿別的食物應付一口，然後回學校上自習。但經過剛剛的突發事件，她忽然改了主意，想好好吃點東西，補充體力。

她沒有過馬路，而是轉去了旁邊的小路。

走了兩百多公尺，再進入一條巷子裡。

這一片是舊住宅區，房齡目測有四十幾年了，房也老，人也老，處處透著古樸氣息，連路邊栽的樹都比外面大路上的粗一圈。

住宅區周邊的一樓有不少店面，規模都不大，附近熟客偏多。其中有一家店叫「常在麵館」，這是徐雲妮中午發掘的地方，店面不大，非常乾淨。老闆是個四十幾歲的中年婦女，身體似乎帶點殘疾，後背一直大幅度彎曲，直不起來。

這位老闆人很嚴肅，不苟言笑，不過手藝很好，而且很注意衛生。頭髮包得嚴嚴實實，帶著餐飲專用的防飛沫塑膠罩。徐雲妮仔細觀察過，她每次從廚房出來，再回去的時候，都會仔仔細細洗一次手，這舉動讓徐雲妮很安心，就把店記下了。

吃了一碗熱騰騰的番茄牛肉麵，徐雲妮心滿意足。

她準備走的時候，看到旁邊一桌。

吃飯的兩人似乎是母女，女兒看起來七八歲，媽媽一邊吃一邊看手機影片，吃得滿頭是汗，不時抽衛生紙擦拭，然後往旁邊的紙簍裡丟。

因為沒看著，準頭差了點，沒丟進去。

廚房裡正在和麵的老闆看見，轉身往外走。她背上殘疾，移動受限，走得很慢。徐雲妮抬手示意，讓她不用動，然後探身將衛生紙撿起扔到紙簍裡，抬眼的時候，跟那小女孩對視了一眼。

小女孩稍稍躲開視線。

那位母親又扔一張，徐雲妮又撿了起來放紙簍裡，然後又看了小女孩一眼。小女孩臉上紅了，在她媽媽丟空第三張衛生紙的時候，她終於拉她的手臂提醒她，說：「媽，妳都丟到地上啦……」

女孩母親一轉眼，看見乾淨的地面上唯一的衛生紙，連忙撿起，說：「哎喲哎喲，不好意思，沒注意。」

徐雲妮直起身，準備離開，一轉身，看見時班長站在門口。

他一身黑色運動服，沒看見書包。

這身運動服穿在他身上比校服更加瀟灑，可能是自己買的衣服更適合自己的風格，袖子拉上去些，露出兩節冷白的手腕。

自從上次班導師介紹完職務之後，他們就沒再有過交流了，徐雲妮想起他們的初識畫面，還是覺得有些離譜。但畢竟是同班同學，他還是班長，在外這麼面對面碰到了，總不該視而不見。

於是她朝他點頭示意，主動說道：「你也來這吃飯嗎？」

他不說話。

徐雲妮再試一句：「這家的番茄牛肉麵很好吃。」

換來時訣一聲嗤笑。

徐雲妮：？

無法理解的生物。

她從他身邊走過，兩人沒再說話。

回學校的路很順利，哼哈二將不知接了什麼新指示，沒再堵她。

又過了一天。

徐雲妮迎來了她在華都的第二次風波。

準確來說，是她看到一場風波。

下午，徐雲妮在三樓後門的樓梯口，碰到這樣一幅畫面——一個人把另一個人堵在角落訓話。

陰暗的轉角、冰冷的走廊、壓抑的氣氛、一高一低的配置，一個教科書級的校園霸凌場景。

兩個當事人都算她在華都的「熟人」，一個是第一天被人沾羽毛的女生，她從王哥事件中得知，她叫丁可萌，此刻嚇得哆哆嗦嗦，不敢抬頭。

另一個就比較令人驚訝了，乃是讓人無法理解的時班長。

他們聽到有人來了，轉過頭，跟徐雲妮看個正著。

徐雲妮在理智上不是個喜歡多管閒事的人，但有時肉體上實在是控制不住。

她問丁可萌：「同學，發生什麼事了嗎？」

這平和的聲音，忽然插入陰冷安靜的樓梯口，顯得有點割裂。

丁可萌：「什麼？」她偷瞄了對面的時訣一眼，腦袋馬上搖得跟波浪鼓似的，「沒、沒有……」

徐雲妮停了兩秒，更直白地問道：「妳需要幫忙嗎？」

丁可萌用力搖頭：「不用，真的不用！」

徐雲妮看向時訣，提醒他：「班長，要上課了。」

提醒一下時間，再提醒一下身分。

可惜，對面的人臉上沒起任何變化。

徐雲妮看他這副樣子，忍不住說：「連你肩膀都不到，欺負起來有意思嗎？你還是班幹部呢，能不能做出最起碼的表率啊？」

這句說完，倒是有變化了，他眉毛挑了挑。

臉皮有夠厚，徐雲妮不無遺憾地想著，金玉其外敗絮其中，老天真的還算公平，人哪能樣樣都好，都要有點問題在身上。

「如果上課了你還不回去，我就去找班導師。」說完，她最後看了時訣一眼，轉身走了。

樓梯口靜了片刻。

時訣回過頭，視線落回丁可萌身上，丁可萌兩手握在一起，一臉心虛看向旁邊。

時訣慢慢彎下腰，與她眉目平齊，半晌，「呵」了一聲。

丁可萌頭上滲汗，抿嘴不說話。

十分鐘前。

時訣在洗手間碰到丁可萌。

男洗手間。

除了她還有一個人，王泰林的跟班一號蔣銳。丁可萌被蔣銳堵到窗戶邊，跟她說：「別不好意思啊，這地方妳熟吧？」

丁可萌低著頭不敢應聲。

蔣銳拿起手機對著她的臉：「說話！」

當時丁可萌也哆嗦，但口齒還算伶俐。

「真的跟我沒關係……都讓她別多管閒事，誰要她幫了，真是……」

「新來的，不知道哪來的，說是外地。她來第一天我就仔細觀察了，只知道念書，像個書呆子！我根本不認識她！」

「真的是這樣，王哥，我知道錯了，我再也不敢了……」

「你說怎麼辦，王哥，我都聽你的……」

他們又說了什麼，掛斷了電話。

時訣上完廁所，按下沖水。

蔣銳聽到聲音，馬上說：「誰？偷聽什麼呢，出來！」

時訣從廁所隔間出來，蔣銳看見是他，頓了一下，不自覺地解釋起來：「……啊，沒什麼，這邊有點事。」

時訣去洗手檯洗手。

蔣銳最後跟丁可萌囑咐了幾句，提醒她：「都記住沒？」丁可萌連連點頭，蔣銳就走了。

丁可萌還站在原地，抓抓脖頸，看向窗外，陷入沉思。

時訣洗完手，從旁抽了一張衛生紙。

衛生紙只剩最後一張了，被壓得有點變形，皺巴巴的，被他手上的水珠潤濕，漸漸變軟坍塌。

他手掌合在一起擦了擦，同時開口道：「聊什麼呢？」

丁可萌根本沒想到時訣會開口，稍微一愣，左右看看，沒別人啊。

時訣關了水龍頭，瞥了鏡子裡那雙故作懵懂的眼睛一眼，「跟妳說話呢，沒聽見嗎？」

丁可萌緊張道：「……跟、跟我嗎？」

時訣回過頭看她，沒有了鏡子阻礙，他的目光更為直白了，丁可萌避開視線朝旁看。

門口又進來幾個上廁所的男生，一看丁可萌，猛地一聲：「我靠？」趕緊退出去看看門牌，「沒錯啊！是男廁啊！」

時訣對丁可萌說：「妳過來。」

他們換了個地方，樓梯口。

時訣站到丁可萌面前，高大的身影把丁可萌完全籠罩起來。

「妳認識我嗎？」他問。

丁可萌心說這不是廢話嗎？

丁可萌又成了那副唯唯諾諾的樣子，垂著腦袋，咬著嘴唇，臉上泛著緊張的潮紅，輕輕點了點頭。

這模樣讓時訣看笑了。

「妳是練出肌肉反應了嗎？」時訣上下打量著她，「裝模做樣，往我身上用啊？」

丁可萌一頓，漸漸抬起頭，訕笑道：「不是，我不是那個意思。那個……你找我有什麼事嗎？」

時訣問：「剛才妳在跟蔣銳說什麼？」

丁可萌撓撓臉，說：「哦，沒什麼，就是你們班那個轉學生的事。」

「我們班轉學生？」時訣笑著問，「我們班轉學生有什麼事？」

他剛問完這話，徐雲妮就來了。

丁可萌餘光掃見徐雲妮，一秒鐘作彎腰低頭狀，手摳褲縫，滿臉委屈。

然後就發生了剛剛那一幕。

現在，徐雲妮走了。

時訣打量丁可萌，由衷說道：「丁可萌，妳不應該學攝影，妳應該去學表演。」

丁可萌偷偷看時訣，繼續說：「這事是王哥安排的，就是，就是一開始他不是跟那個……」

她準備解釋，時訣根本沒聽，他想著徐雲妮剛剛的視線和發言，睨了一眼，轉身離去。

「欸？」丁可萌瞧著他的背影，一頭霧水。

時訣踩著鐘聲進教室，回到座位。

徐雲妮全程寫著試卷，頭都沒抬起過。

時訣一屁股坐下，吳航轉過眼來，一種來自兩年多老鄰居的直覺驅使他發問。

「你怎麼了？」

「嗯？」

吳航小心道：「你生氣了？」

時訣側目看他：「什麼？」

吳航搖搖頭，「沒事……」

下午。

某節下課，丁可萌來找徐雲妮了。

她到了三班門口，跟做賊一樣，徘徊來去，不敢進，碰到吳航從外面回來。

丁可萌見到有人朝她走過來，反射性往後縮，吳航擋到她身前。

「哎？躲什麼？妳不是六班的嗎？來我們這幹嘛？鬼鬼祟祟的。」

丁可萌小聲說：「我、我想找人……」

吳航貼近：「找誰？」

「徐……」

「徐？徐什麼？我猜猜，徐雲妮？」

丁可萌點點頭，吳航閒得很，主動說道：「我幫妳叫行吧？」

丁可萌：「謝、謝謝。」

吳航彎下腰說：「我不能白幫妳叫吧，妳告訴我妳想跟她說什麼？」

丁可萌知道肯定跑不掉的，混也混不過去，不如快點說了。

「我想請她吃個飯，謝謝她幫我。」說完馬上緊張地抬頭，祈求吳航，「能不能別告訴別人，我、我就是……」

吳航：「我告訴別人幹嘛。妳等著，我去幫妳叫人。」

吳航進了教室，走到後面，還很有誠意地壓低了聲音，跟正在寫題目的徐雲妮說：「同學，有人叫妳，在外面。」

「叫我？」徐雲妮心有疑惑，放下筆出去了。

吳航回到座位，對時訣說：「丁可萌說要請轉學生吃飯，以表感謝。」

說著，他又想起什麼，「哎？王泰林是不是今天要回來？你說會不會是要整她啊？」

時訣看著門口，丁可萌正在跟徐雲妮說話。他沒有回答，把桌面上的紙翻了頁，重新戴上耳機。

走廊裡，徐雲妮聽完丁可萌來意，說：「不用請我吃飯，我也沒做什麼。」

丁可萌本來就很侷促，一聽她拒絕，頓時更緊張了，「怎麼沒做？妳明明幫了我。不是，我、我沒有別的意思，哎，妳就答應我吧。」

丁可萌看起來可憐兮兮，嘴唇發白，眼底發紅，整個快不行了的樣子，徐雲妮不禁說：「妳不至於吧？」

她這一說，丁可萌眼淚都快下來了。

徐雲妮：「不就是一頓飯嗎？」

丁可萌：「對，就是一頓飯，妳就答應了吧。」

丁可萌不與徐雲妮對視，就是磨磨蹭蹭，不肯放棄。

上課鐘響了。

周圍學生逐漸多起來，丁可萌跟地鼠似的，越縮越小，饒是這樣，還是堅持著不肯走。

徐雲妮看了她一下，終於說：「行，今晚放學妳在校門口等我。」

見她答應，丁可萌如釋重負。

徐雲妮回到教室繼續自習。

前座女生轉過頭來，小聲說：「妳別理丁可萌了……」

徐雲妮一愣，這女生叫什麼？楊夢莎？印象裡是個很內向的女孩，徐雲妮與她借過一片衛生棉之緣，在那之後沒主動跟她聊過天。

「為什麼？」她問，「丁可萌有什麼問題嗎？」

「反正不是什麼老實人，妳別管她了。」楊夢莎說完就轉過去了。

靜了一下，徐雲妮重新低頭寫試卷。

晚上放學。

徐雲妮依舊按照平時的節奏，收拾好東西出門，校門口找了一圈，在一個不起眼的角落發現丁可萌。

她還沒看見她，正拿著手機蹲在路邊凝神打字。

徐雲妮走過去，說：「走吧。」

「哎……哎！」丁可萌嚇了一跳，手機差點掉地上，連忙拿好收起，「走，這就走，妳想吃什麼？」

徐雲妮走在前面，「妳跟我來。」

最終，由徐雲妮帶路，她們來到常在麵館。

丁可萌在店前停住，沒進去，猶猶豫豫道：「妳要吃這家啊？」

徐雲妮：「對，怎麼了？」

丁可萌小聲說：「我們換一家吧。」

徐雲妮：「為什麼？妳不愛吃麵？」

丁可萌抓抓腦袋，說：「也不是，我可以、可以請妳吃更貴更好的，這、這家……」

她說一半，忽然發現什麼，臉色一白，頭瞬間低下去。

徐雲妮說：「用不著，這附近的店我差不多都吃過了，貴的也沒這家好吃。妳怎麼了？」

她發現丁可萌的異樣，忽而察覺什麼，一轉頭，又看見了時訣。

又。

徐雲妮回想了一下，自己見他的次數很多嗎？

真要算起來，其實也沒有，跟見別的同學的次數比，甚至少一點，因為好多時候他都不在教室，也不知道在忙什麼。

那為什麼總覺得見他的次數很多呢？

大概是客觀條件造成的心理暗示。

不得不承認，這人的畫風就是跟其他人不一樣，自動聚焦，一次出場頂三次，無法不讓人印象深刻。

丁可萌腦袋埋得跟鴕鳥似的，大氣都不敢出，徐雲妮伸手，悄悄把丁可萌往身後拉了拉，儘量避開時訣的視線。

她帶丁可萌往店裡去，第一下還沒拽動，丁可萌像被定身了一樣，徐雲妮又使了下力，終於把她扯進店裡。

時訣向店旁的小路走去。

店鋪後面就是門，一棟老式公寓，樓梯間角落堆著快跟牆壁融在一起的自行車，看起來頗有年頭。

這棟一共六層樓，沒有電梯，像是上了年紀的老人，各項身體指標都不中用了。時訣上到四樓，這層的聲控燈也壞了，他在黑暗裡掏鑰匙開門。

一個小房子，面積大概二十多坪，兩室一廳。屋裡的家具有些陳舊，但異常整潔，仔細聞聞，還帶有清潔劑的氣味。

時訣進了房間，書包扔到角落。

他的臥室是主臥，跟旁邊的儲物間打通了，面積還行，只是格局有些奇怪。左邊有一張單人床，床架特別矮，只放了一個十公分高的架子，上面直接鋪了床墊，銀灰色的床單上扔著散開的書，床頭牆邊靠著兩把形狀不同的吉他。

臥室正面的牆上鑲嵌一面大鏡子，下面放著音箱。另外一面牆的角落擺著一架電子琴，旁邊的桌子上有音效卡、麥克風、鍵盤線，纏來纏去。再旁邊是兩排衣架，上面掛著滿滿的衣服。

整個房間七成的面積都是空的，比起臥房，更像一個小型的工作室。

時訣先去沖了個澡。

走出浴室，瘦長的腳掌在地板上踩出步步水痕。

臥室沒有開燈，時訣也懶得拉窗簾，他擦擦頭髮，浴巾隨手一丟。月光照在他舒展的後背和修長的四肢上，反射出冰白的光。

他換上衣服，重新出了門。

常在麵館內。

徐雲妮已經快吃完了。

她吃飯速度很快，雖不至於狼吞虎嚥，但一碗麵七八分鐘也快吃光了。相較而言，對面的丁可萌吃的就很慢了，跟咽藥似的，沒事還看看手機，一臉擔憂。

徐雲妮吃完了麵，靠坐在椅子上。

丁可萌察覺徐雲妮的視線，說：「那個，我吃的慢……」

「不急，慢慢吃，別浪費，」徐雲妮對她說：「我有點事想問妳。」

「啊……什麼事？」

「『王哥』是誰啊？」

丁可萌一哆嗦，偷看徐雲妮，心說她怎麼知道王泰林呢？她又知道多少呢？

「王、王哥，就是……就是七班的一個男生……」

「他為什麼要找妳麻煩？」

丁可萌垂眸不語。

徐雲妮想想，又問：「還有，妳跟我們班長之間有什麼矛盾嗎？」

丁可萌輕輕咬著嘴唇。

徐雲妮看她唯唯諾諾的樣子，語氣放緩，說：「妳不要怕，我的意思是，如果妳真的跟別人起了衝突，自己解決不了，就找人說說，不管怎樣，他們在學校那麼欺負妳都是不對的。」

丁可萌還是低著頭不說話。

「妳招惹過他們嗎？」

「我……」

「我雖然剛來還不太熟悉，但我們可以一起商量個辦法。或者妳去找老師、找家長，真有矛盾就去處理，自己悶著永遠無法解決問題。」

丁可萌囁嚅道：「謝謝妳幫我。」

「還沒幫呢，妳要先說清楚啊。」

「我說的是妳剛轉來那天……」

「哦，那天啊，」徐雲妮稍作回憶，「那天幫妳，是因為妳向我求助了。」

丁可萌疑惑：「求助？」

徐雲妮：「沒有嗎？」

丁可萌回想當初的場景，那時她根本不認識徐雲妮，她只是在一群圍觀嘲笑的人當中，下意識看向那個唯一沒笑她的人。

原來那時的眼神算是求助？

丁可萌低聲說：「真的沒什麼事，我只是想請妳吃個飯而已，等等就回家了。」

吃完飯，丁可萌結了帳。

徐雲妮站起來，她這個方向正對著廚房，看到老闆在角落處理貨箱，她看了幾眼，對丁可萌說：「妳去外面等我，我馬上來。」

丁可萌出了店，徐雲妮走到老闆旁邊，離得近了，她感覺她的後背看起來更嚴重了，脊椎嚴重扭曲，動作顫巍巍的，就是不肯放下那箱子。

她說：「老闆，打擾一下，我想請教點事，您方便嗎？」

「……嗯？」老闆一停頓，徐雲妮順勢上前一步，接過箱子，摞到一旁整理好。

老闆喘了口氣，問：「什麼事？」

徐雲妮說：「妳手藝好，我想問問，燉牛肉要不要焯水？我媽總愛焯水，她怕有細菌，那肉我都咬不動，她說是我牙齒有問題。」

老闆說：「不要熱水焯，焯了就沒味了，也容易老。看肉的品質，可以冷水泡，也可以直接燉，注意勤撈血沫就行。」

徐雲妮說：「好，謝謝老闆，回去我跟她說說。」

老闆從箱子裡抽出一瓶汽水塞給她，徐雲妮說：「不用了，吃太多了，喝不下了。」她把汽水放進飲料櫃，轉身往外走。

結果一轉頭——又又又又又又又又，看見時訣了。

第三章　常在麵館

徐雲妮吸取上次的教訓，這次連招呼都懶得打了，直接往外走。
走到他身前，他沒讓開。
徐雲妮聞到一股淡淡的香氣。
仔細看看，頭髮都沒乾。
他洗澡了？
徐雲妮不知道這人這麼短時間裡去哪洗的澡，還換了身衣服。火力倒是夠旺，秋日的夜晚已經見涼了，街上穿夾克外套的比比皆是，他居然只穿了件短袖就出來了。肩膀又平又寬，將T恤完整展開，映著頭頂的燈，襯得本來就白的皮膚都快反光了。
與那雙微斂的眼睛對視兩秒，徐雲妮終於忍不住問道：「你到底要幹什麼？」
時訣：「什麼？」
「我們別拐彎抹角了行嗎？」徐雲妮示意他的位置，「你是要找丁可萌嗎？你們之間有什麼問題嗎？要是有事就說出來啊，你們是怎麼回事？」
與情緒出現波動的徐雲妮不同，時訣平靜得就像照片裡的海岸線，「我找她幹嘛？」

鬼知道。

徐雲妮：「那你為什麼追到這來？」

時訣眉目間的神情，似乎覺得這問題很奇怪，「追到這？店是妳家開的，別人不能來是嗎？」

徐雲妮反嗆他：「那你這樣堵在門口，店是你家開的嗎？」

「是啊，」他說著，又向廚房一抬頭，「那是我媽。」

徐雲妮：？

時訣看著面前的人忽然掉線了一樣，雙眼睜大，嘴巴微開，皺眉肌因頗有幅度的抬起還擠出了一點紋路。

時訣：「丁可萌沒告訴妳嗎？」

沒。

怪不得不敢進，怪不得總在門口看見他。

徐雲妮的確有些驚訝，先不說店是不是他家的，他跟這個老闆哪有一點相像的地方。

是親生的嗎？

時訣淡淡道：「有問題嗎？」

徐雲妮搖頭。

她無話可說了，想要離開這裡。她向前走了半步——不是她不想走滿一步，而是再往前多一公分，兩人就要撞上了。

可時訣還是沒有要移動的跡象。

徐雲妮瞄他一眼，視線又對上了。

一秒、兩秒……

別的不說，時班長這對視功力至少比得上兩百個蔣銳。

突出一個天荒地老，永不心虛。

她嗅到他身上的花香味，也許來自洗髮精，也許來自沐浴乳。

「妳回學校去吧。」時訣說。

多好的提議啊，那你倒是讓開啊。

徐雲妮真誠說道：「班長，你要是真的這麼閒，不如去幫幫你媽媽的忙吧。」

說完，她伸手撥開他，從旁邊擠出來。

店外，晚風一吹，通體舒暢。

徐雲妮做了一次深呼吸，腦子清醒了不少。

她在店門口掃了一圈，丁可萌正在旁邊一棵樹下用手機，眉頭緊蹙兩手齊上，劈里啪啦打字。

徐雲妮叫她：「走了，妳要回學校嗎？」

丁可萌抬頭，匆匆道：「哎！妳等我，我跟妳一起！我回家也是那個方向！」

店內，時訣走到裡面，搬起另外幾箱飲料，堆疊，又拿了幾瓶補到冰箱裡。

「你怎麼來了？」廚房裡的吳月祁看見時訣，臉上露出不滿，「我都說了你該幹什麼就去幹什麼，別到店裡來。」

時訣問：「我有什麼該幹的？」

吳月祁用手拍拍案板，說：「你要麼去看書，要麼去練琴跳舞，實在累了就去找朋友玩。」

時訣：「找他們玩不是更累？」

吳月祁說：「反正你別來店裡。」

時訣走到廚房前，彎下腰，兩肘抵在檯子上，說：「媽，妳要是真的這麼不想我幫忙，那就雇個人。還有，我買給妳的理療儀為什麼不用？包裝都沒了，妳再把它裝起來也退不掉的。」

吳月祁一聽退不掉，生氣地指責道：「你這麼亂花錢！那你找人賣掉！」

時訣說：「不用那麼麻煩吧，我抽空扔了就好了。」

「你——」吳月祁瞪起眼睛，時訣笑著說：「不扔就用，不用就扔，妳自己選。」他留下句話，然後直起身，接著理貨。

他把最後幾箱貨整理好，從冰箱裡抽了一瓶水，坐到旁邊。

好巧不巧，這正是吳月祁想要送給徐雲妮，但沒送出去的那瓶。被徐雲妮放在冰櫃邊緣，位置相當突兀。

時訣看了看，擰開喝下。

「剛才那個女生，」吳月祁一邊和麵一邊問，「是你同學？」

「嗯？」時訣「哦」了一聲，「是唄。」

「你剛剛謝過她了？」

「謝她？我為什麼要謝她？」

吳月祁抬起頭來：「你不是看到了嗎？」

時訣眉毛動動，轉向一旁，低聲嗤笑道：「妳想謝，人家也要領情啊。」

吳月祁：「你在那嘀咕什麼呢？」

時訣又轉了過來，一臉無辜。

吳月祁說：「別人幫了忙，你就應該表達感謝，這是最基本的，何況你們是同學，你還是班長，更該有這個禮貌，不然在學校見面了怎麼辦？」

在她看不到的地方，時訣用小拇指摳摳耳朵。

說了一番，吳月祁又問：「你沒謝她，那你們剛才在門口站那麼長時間幹什麼呢？」

「哦，妳看到了？」時訣手臂搭在椅背上，翹起二郎腿，手掌摸摸頭髮，又順到自己的脖頸上，悠悠地說，「什麼都沒幹啊，她盯著您兒子移不開眼罷了。」

他的聲音、神色、姿態，組在一起，就像是打碎的香水瓶，無形的氣息瀰漫四周，瞬間吸引了所有人的注意。

吳月祁相當看不慣他這副輕佻的做派，擀麵杖往砧板上重重一敲！

「你哪染的習氣？成天歪歪扭扭的，給我坐直了！」她情緒一激動，連咳了好幾聲。

「媽，別生氣，」時訣的後背被這一棒子敲直了，臉上還殘留點笑意，「我錯了。」他的認錯永遠及時而敷衍。吳月祁一邊咳嗽一邊指著他，憋得臉漲紅，話都說不出來。時訣安撫她說：「好，妳別急，我這就去謝謝她，行吧。」他起身，仰頭把剩下的汽水一口氣乾了，一丟空瓶，出了門。

徐雲妮是在路口被追上的。

也不算被追上，她站在那停了一下。

這一路走得拖拖拉拉，丁可萌滿懷心事的模樣。到了路口，本來走到這裡就應該分道揚鑣的，她回學校上自習，丁可萌回自己家。但她在那磨蹭，結結巴巴，欲語還休。

「妳還有什麼要說的嗎？」徐雲妮問。

「呃……有。」

「說。」

「就是、就是……」

徐雲妮望著夜空，決定再給她兩分鐘。

還剩幾十秒的時候，丁可萌好像下定決心了，說：「我、我就是，其實就是想——哎？」

在她終於要擠出什麼的時候，又被人薅過去了。

時訣像抓小雞仔似地將丁可萌拎到後面，徐雲妮說：「你要幹什麼？」

時訣淡淡道：「別多管閒事，誰要妳管了？真是。」

扭來扭去想要掙脫的丁可萌聽到這句，瞬間不動了。這正是她當初跟王泰林形容徐雲妮的話，此刻聽來，實在心虛，原本還想向徐雲妮賣個慘的，現在也說不出口了。

時訣見她放棄掙扎，就不再用力，小繞半圈，準備帶人走了。

徐雲妮叫住她，「丁可萌！」

丁可萌回頭。

徐雲妮：「我剛剛跟妳說了什麼妳都忘了？」

丁可萌支支吾吾道：「那個，我們、我們是真的有點話說……」

徐雲妮看看她，再看看時訣，點頭道：「行。」

時訣看著她離去，問丁可萌：「她剛跟妳說什麼了？」

丁可萌撓撓臉，小聲說：「她說遇到麻煩可以找她商量……」

「喲，」時訣說：「真不錯，那妳要找她商量嗎？」

丁可萌低著頭不說話。

時訣說：「剛剛打算把她叫去哪？」

丁可萌肩膀一聳，看向時訣，「什、什麼意思？」

「妳問我什麼意思？」

丁可萌看著時訣，打從心底覺得莫名其妙，這事怎麼跟他扯上關係了？

丁可萌哭喪著臉說：「我哪也沒想帶她去。」

時訣伸手：「手機給我。」

丁可萌頓時臉紅，有些激動地說：「我都說了，哪也沒想帶她去……是！確實有人讓我帶她去個地方，但是剛才那頓飯吃完，我又不想帶她去了！我單純想謝謝她不行嗎！」

她難得這麼大聲說話，被自己嚇到，說完又縮回去了。

靜了一下。

時訣：「手機。」

丁可萌眼淚都流出來了，澈底放棄掙扎，把手機交給時訣。

時訣翻看丁可萌的聊天記錄，整個晚上她都在傳訊息，一開始說了些有的沒的，但後面又改口。看看時間，還真是在吃飯的時候改了主意，與對方說徐雲妮臨時有事要走。

他查看的時候，又進來兩則訊息，對方還在催促。

時訣抬眼看了看丁可萌，正在那吸鼻涕。

他關上手機還給她，丁可萌以為結束了，準備離開。

「去哪？」時訣又叫住她。

丁可萌回頭，一把鼻涕一把淚。

時訣：「走吧。」

丁可萌：「……走？」

時訣往剛剛在聊天記錄上看到的地點走去，說：「去跟王泰林把話說清楚。」

丁可萌看著時訣的背影，忽然明白他要幹嘛了，一顆絕望的心死灰復燃，她快步跟上，說：「哥，你要幫我嗎？為什麼呀？」

「誰是妳哥？」時訣瞥她一眼，「眼淚收得夠快的，妳真該改行去學表演。」

丁可萌解釋說：「剛才那段不是演的，是真情流露。」

時訣笑了。

他迎著晚風的這一笑，差點沒把丁可萌看呆了。

皎皎的月，輕輕的風，沒多久，他們來到目的地。

約定地點在一個小公園裡，這出場畫面絕對是有設計的，四個人，除了蔣銳、劉莉這兩位貼身侍從，還有兩個小弟，分別站在兩側，隨著他們走過去，四個人自動分開，鏡頭推進，露出中間坐在器械上抽著菸顛著腿的王泰林。

人馬刀槍配齊，等著開場了。

沒人注意到的是，旁邊的灌木叢中，還有一個人蹲在那看戲。是徐雲妮。

她是偷偷跟過來的。

要說徐雲妮有沒有感覺到丁可萌身上那點不對勁，那肯定還是有的，不管是從她自身的遮遮掩掩，或者周圍的人偶爾表露的態度，都說明她這事可能另有隱情。

但徐雲妮一直覺得，這跟她關係不大，她無非就是路過看見，小伸了一手。

到今晚，她實在忍不了了。

她必須把這事弄明白。

前方器械上，大馬金刀坐著抽菸的那位，形象怎麼說，長得還行，雖然坐著，還是能看出體格很高大，輪廓深邃，在高中生範圍內，算是非常狂野的猛男類型，霸氣騰騰。

他這個造型可能是想給人一個下馬威，誰曾想小弟一散，見到了時訣。

「……」

王泰林往旁邊歪歪頭，看向時訣身後的丁可萌，「不是，什麼意思？不是讓妳把轉學生帶來嗎？」

丁可萌小聲說：「她、她有事先走了。」說完就往時訣背後躲，也虧得兩人體型相差夠大，能縮到連影子都不剩。

「……別拉我衣服，想勒死我。」時訣使勁拽了下領口，把衣服從丁可萌手裡搶救回來，對王泰林說：「是我讓她帶我來的，找你聊一下。」

王泰林沒搞懂時訣為什麼會出現在這，態度很謹慎，「聊什麼？」

時訣也不跟他兜圈子：「你之前問我掛名那事，你找別的地方了嗎？」

「掛名？沒啊，我還想哪天再去找崔老闆說一下。」王泰林抽了口菸，又開始抖腿，「你幫我說說唄，我也不幹別的，就掛著而已。」

時訣：「行，我去幫你說，你委屈點，丁可萌這事算了行嗎？」

王泰林隨口一問，沒想到時訣真答應了，還提出這麼個條件。一愣之下，菸也不抽了，腿也不抖了，整個人定在那。

王泰林是感覺自己升學考沒希望了，他不愛念書，就琢磨著想往自媒體發展，好好經營一下。他做了個帳號，想先累積點人氣，但認證來認證去，沒什麼有品質的東西。他之前在SD那邊學過幾天，便想掛他們的名，蹭幾個獎項，接點活動，但崔浩嫌他實力不夠，沒同意。

「不是，」王泰林沒搞明白，「為什麼啊？」

時訣這話，讓王泰林非常驚訝。

王泰林與時訣都算是華都的風雲人物，但兩人的關係，大概就是點頭之交，稱不上很熟。

當年入校，王泰林跟時訣不同班，但開學第一天就聽說了這個人，因為那外表實在太過搶眼了。

王泰林瞬間鎖定此人，秉持著一山不容二虎的理念，他是把時訣鎖成假想敵的，但沒鎖幾天，因為發現，根本鎖不住。

這人的心思就不在校園內。

王泰林第一次真正跟時訣接觸，是高一開學一個月之後，那時市裡要搞國慶獻禮，華都要選一個歌舞節目，他們都被挑中參加。

節目負責人是個音樂學院剛畢業的老師，二十幾歲，第一次排練四五十人的大型節目，很不熟練。每次卡住的時候，時訣都會提點意見，不管是合唱部分還是舞蹈部分，都是一針見血。到最後，他的所有修改意見都被保留下來，音樂老師甚至把他叫去一起研究節目的後期製作。

最後，他們的節目拿了一等獎，在教育局官網首頁展示了好幾天，校長在市裡大有面子，高興得走路一蹦一跳的。

王泰林很驚訝，這時訣怎麼看都是個不正經的玩咖，沒想到這麼有實力。

慢慢的，這所學校裡，只要是走音樂舞蹈路線的，基本沒有不認識他的。時訣比他們大一歲，聽說休學過一年多，但年紀輕輕就可以在正規機構裡接手非常成熟的商業單。從他入學開始，學校碰到重要的演出、比賽，拿得出手的作品幾乎都有他的影子。

這種才情，只能說是老天爺賞飯吃。

大家都知道他在外面培訓機構上課，社會關係肯定比普通學生複雜些，關於他的種種傳聞沒斷過，一開始有人說他最多念一年就會走，後來一年過去，又有人說他早早就簽公司了，等著畢業，甚至還有人說他已經在外面被包養了，好的壞的什麼話都有，他自己從沒提過，也沒解釋過。

他經常安排活動、參加活動，跟誰都能說得上話，能力超群，做正事時略顯嚴格，但大部分時間都很隨性，朋友眾多。

但真要說他熱心，根本不算。

事實上，學校裡大部分人都默認，時訣外熱內冷，野心勃勃，他看似愛玩，但再怎麼玩樂，也會優先把自己的事安排好。很多人私下都說過，他這人不太真心，不好深交。

「哎，」時訣將他喚回神，「行不行啊？想什麼呢？」

「不是……」王泰林怎麼也想不明白，為什麼時訣會為這八竿子打不著的丁可萌出頭，「妳跟丁可萌很熟嗎？」

「不熟。」

王泰林說：「不熟你幹嘛要——」

旁邊蔣銳忽然想到什麼，湊過去跟王泰林說了幾句，王泰林回過味來：「啊！你不是幫丁可萌，你是幫那轉學生嗎？」

樹叢中的徐雲妮微微一愣。

時訣：「你就當是吧。」

見他認了，王泰林更驚訝了，「你認識轉學生嗎？」

「廢話，」時訣笑著說：「當然認識，那是我們班的。」

王泰林頓了頓，時訣又說：「班導師剛把我叫去囑咐完，讓我照顧好，這才過去幾天，別讓你嚇得不敢上學了。」

「哈！」王泰林笑了兩聲，「你這班長當的挺負責啊，比我們班那個只知道收作業的傻子強多了。嘖，你們班的、你們班的……我還真沒注意她是三班的。」他嘀咕著，叉著腰原地走動一下，「其實我一開始也沒想拿她怎樣，她剛轉來什麼都不知道，但她巨狂你知道嗎？我讓她道歉不道歉，她還罵我！」

時訣有點驚訝：「她罵你？」

「啊！」王泰林憤然道：「她讓我少抽菸多吃藥！有這麼說話的嗎！」

也虧了夜色正濃，掩住時訣嘴角的一絲抽搐。

他對王泰林說：「剛才跟你商量的事你看行不行，不行就算了。」

沒什麼好考慮的，就算時訣單獨開口，王泰林也能賣個面子，何況他還開了不錯的條件。

實打實的便宜，不占白不占。

王泰林爽快道：「行啊！我不讓你難做，這事拉倒了。」

時訣點點頭，說：「你給我點時間，我去找崔哥說。」

「好，」王泰林指指他後面準備溜走的丁可萌，「哎，妳過來。」

丁可萌小碎步往時訣那邊挪，王泰林不耐煩道：「老子說話算話！說拉倒就拉倒，我問妳別的事！」

丁可萌向時訣投去求助的眼神，時訣看都沒看，大手一撥把她推進虎穴，直接離開了。

王泰林掐住小雞仔，環視周圍，「換個地方審？」

劉莉嚷嚷著餓了，王泰林說：「行，找個地方吃點東西，要不然先回學校那邊，妳別說我也有點餓了……」

他們往小公園外面走，身後樹叢裡，徐雲妮跨了出來。

她站在這塊稍顯空曠的空地上，環顧四周，有運動器械，有樹木草叢，和不太亮的路燈。

抬頭看看，天邊，微風吹開細紗般的雲網，露出月亮，純白耀眼。

她歪歪脖子，眉頭還是微微蹙著。

王泰林一行人轉進小路，聽見後面有人說：「丁可萌？」

他們回頭，徐雲妮跟在後面，一副偶遇的樣子。丁可萌很驚訝，悄悄看了王泰林一眼。

徐雲妮看著眾人，問丁可萌：「妳怎麼在這？他們是誰啊？」

丁可萌張張嘴，還不知道要怎麼說，就見徐雲妮突然明白了似的，朝著王泰林恍然道：「啊，是『王哥』嗎？」

劉莉在王泰林耳邊小聲說了什麼。

王泰林上下打量她，「妳就是那個轉學生？」

徐雲妮承認道：「對，我就是那個轉學生。」

王泰林哼了一聲：「妳出現的挺是時候啊，但凡早個半小時呢。」

徐雲妮不解道：「什麼意思？」

既然已經答應時訣，王泰林也懶得再糾纏，擺擺手，讓她離開。

「等等，」徐雲妮叫住他，「同學，我們能聊聊嗎？」

王泰林皺眉道：「什麼？」

徐雲妮說：「我們之間應該有點誤會吧，你看，我之前打電話的時候態度也不好，學校門口有家飲料店，我想請你們喝點東西行嗎？」

她突然這麼說，對面那幾個人全愣住了。

連丁可萌都一臉詭異地看著她。

徐雲妮朝王泰林笑了笑，說：「王哥，給個機會唄。」

真心換真心，那叫一個情真意切。

李恩穎評價過，說徐雲妮的性格更多遺傳了徐志坤，不是個天生愛笑的人。但徐志坤以前辦案的時候，會根據不同情況，調整自己的狀態。

這一點，徐雲妮也學到位了。

很顯然，這幾聲「王哥」喊得王泰林氣挺順的。

他問：「妳想聊什麼？」

徐雲妮說：「我想跟你說一下那天的事，用不了多長時間，就坐一下，你看可以嗎？」

結果，糊里糊塗，連哄帶騙，徐雲妮還真的擠進了王泰林的隊伍裡。

坐在飲料店的座位上，沒人說話。

大夥沒搞清徐雲妮的目的，沒人點餐，徐雲妮自己招呼服務生拿來幾張菜單。

她先點了一杯喝的，抬頭問其他人：「你們要什麼？咖啡、奶茶？還是果汁？」

大夥都看王泰林，王泰林說：「咖啡。」

他一說話，別人紛紛跟進。

徐雲妮又點了一堆食物，披薩、雞排、薯條、炸丸子，最後上了滿滿一桌。

一吃起東西，氣氛就沒那麼僵硬了。

徐雲妮對王泰林說：「我剛轉學過來，什麼都不熟悉，我後來想了想，那天可能真的有點衝動，應該先弄清楚再說話。所以……」

王泰林戳了一個魚丸，在盤子裡敲了敲，挺有彈性。

徐雲妮的態度夠誠懇，王泰林朝丁可萌抬抬下巴：「妳想弄清楚啊，妳問她啊。」

丁可萌點了一杯黑糖珍珠奶茶，捧著低頭喝，徐雲妮碰她一下，她頭更低了，徐雲妮再碰一下，丁可萌又往後縮。

王泰林冷笑道：「怎麼了？自己幹的事自己說不出來？」

丁可萌躲無可躲，終於支支吾吾講起來。

她說得斷斷續續的，不過加上旁邊其他人不時補充說明，徐雲妮總算弄明白了。

前一陣子，王泰林跟隔壁高職的一個男生起了衝突，兩人都在網路上搞直播，高職那位做得比較早，直播內容就是唱歌跳舞，聊天講段子，有一定粉絲基礎。王泰林起步得晚，但王泰林好歹是半個專業出身，是認真學過聲樂和舞蹈的，外形條件也不錯，上升趨勢很明顯。兩個學校離得近，都是熟人看直播，就有人拿來作比較，王泰林又愛炫耀，喜歡嘲諷對面，一來二去，同行就成冤家了。

兩邊開始罵戰，罵得很低端，專攻下三路，有人留言跟高職男說王泰林看起來比你猛，高職男就說王泰林現實裡中看不中用，王泰林直播回話，老子十八公分，好不好用你過來撅屁股試試就知道了，高職男說他吹牛不打草稿。

然後，問題就來了，高職男抓著王泰林吹牛這事不放，非要拿到證據嘲諷他，腦子一抽就想了個邪招，找人去華都廁所偷拍，後來他找到了丁可萌。

徐雲妮都聽愣了，先不說十八公分的問題，她問丁可萌：「……找妳？妳不是女生嗎？妳怎麼去廁所拍？」

劉莉在旁說：「讓她小弟拍啊。」

徐雲妮重新審視丁可萌。

人不可貌相。

「妳還有小弟呢？」

丁可萌低頭咬著吸管，仍是一臉慫樣。

總之，就是丁可萌在校外找了個人，幫他弄了一套華都校服偷偷進了學校。丁可萌放哨，給他消息，跟著王泰林進廁所拍。華都所有廁所都是隔間的，他站王泰林隔壁馬桶上，從高往低照，結果不小心，手機掉過去了，這事就暴露了。

那時候正趕上王泰林要去外面參加活動，請了假，馬上要走了，等回來才能處理。他離校期間，他的朋友氣不過，就在學校裡找丁可萌的麻煩。

徐雲妮聽了一半，見桌上東西吃得差不多了，讓服務生又加了幾份雞排和丸子。

王泰林：「聽懂沒？」

徐雲妮：「聽懂了。」

王泰林冷冷道：「我跟妳說，我今天下午剛回來，本來是想把妳們打包一起收拾，要不是——」他頓了頓，沒往下說，轉向丁可萌，「我叫妳來就是要問清一件事，妳給我老實交代，妳收了他多少錢？」

丁可萌愣了：「誰？收誰錢？」

「妳說誰！」

「我沒有！」丁可萌委屈道：「是他威脅我！他還拿了我的相機，說不替他辦事就打我，我沒收錢！」

「打妳？」王泰林怒道：「妳就不怕我打妳？我告訴妳，是老子現在脾氣好了，忙事業了，要是換成高一的時候，這學妳他媽別想上了！」

丁可萌嚇得彎腰縮脖，猛吸了口飲料。

「妳相機被那個高職男生拿走了？」徐雲妮問。

「嗯。」

「妳怎麼不去找他們老師呢？」

「……我害怕。」

「妳之前認識那人嗎？」

丁可萌一頓，然後搖頭。

徐雲妮：「他是怎麼找到妳的？」

丁可萌解釋說：「有天放學，我帶著相機被他看見了，他可能覺得我是學攝影的，做起事來比較方便吧……」

其實現在徐雲妮的重點應該放在怎麼跟王泰林團夥化解矛盾上，但她聽丁可萌的話，越聽越疑惑，設身處地代入，要是她想找人偷拍校霸如廁的照片，怎麼也不可能找到丁可萌這個慫包頭上。

「就因為妳拿了個相機他就找上妳了？你們學校不可能只有妳一個學攝影的吧，他為什麼不找個男生幫他拍？他知道妳有小弟能用嗎？」

丁可萌被這一連串的問題問得眼神閃避，「我、我也不清楚……」

「丁可萌。」

丁可萌被她叫得肩膀瑟縮，那邊王泰林也看出不對勁了。

「什麼意思？」他手裡竹籤一扔，瞪著丁可萌，「媽的！妳還有隱瞞是吧！」

徐雲妮安撫王泰林：「王哥，冷靜。」她轉向丁可萌，還是那句話，「妳不要怕，但妳要說實話。」

她語氣平和，又不容反駁。

全桌人都看著，丁可萌沒處跑了，通紅的臉憋了一下，終於承認了。

「……是認識，我之前拍過他。」

徐雲妮說：「拍什麼？」

丁可萌說：「就是，他不是直播有點人氣嘛，然後有人想要他私下學校裡的照片，我就找機會拍了幾張，做成小卡……」

徐雲妮說：「賣？」

丁可萌抿抿嘴唇。

「然後被他發現了？」徐雲妮又問。

「……嗯，他發現也沒說什麼啊，好多主播都自己花錢做卡的，品質還沒我好呢。我也拍過其他人，沒人拍說明沒人氣，這也是宣傳啊。反正就、就這麼認識的，然後他跟……」她看看王泰林，「鬧翻了之後，就扣了我的相機，讓我拿照片換，真就這麼多了，我真沒拿錢！我也不想幹這事！」

越挖越有料。

徐雲妮心裡琢磨著接下來該說什麼。

那邊，王泰林也在思考。

但顯然，兩人想的不是同件事。

「小卡，」他問丁可萌，「妳都拍過誰啊？」

丁可萌小聲說：「也沒誰，就、就那幾個玩直播和空間論壇的，比較有名的……」

王泰林：「那妳也拍過我唄？」

丁可萌不經意地又縮了點，小小搖頭。

徐雲妮斜眼過來。

王泰林皺眉道：「拍就拍了，拿來我看看妳拍得怎麼樣，別他媽給我留黑歷史了！」

「真沒有……」丁可萌有點後悔剛才說的那句「沒人拍說明沒人氣」，試著彌補，「你做直播時間比較短，所以……」

王泰林垂著無語的眼皮，「我直播時間短？」

「嗯。」

靜了靜，王泰林忽然問：「妳拍過時訣嗎？」

丁可萌不到半秒就回答說：「拍過。」

王泰林猛一捶桌子，薯條彈起來好幾根！

「他直播過嗎？妳拍了！到我這就直播時間短！」

他一爆發，周圍的人都看過來了，丁可萌又不敢說話了。

徐雲妮將彈過來的薯條撚起，放到嘴裡慢慢咀嚼。

片刻，王泰林伸手，淡淡道：「妳拍的卡，有沒有帶來？」

丁可萌小心翼翼拿來書包，王泰林嫌她磨蹭，起身一把搶過來，他從裡面找到一個卡冊，狂翻頁，越翻越暴躁。最後停在一頁，眼底一抽，舉起來對著丁可萌：「妳他媽把他臉修這麼小？」

「啊？」當了一晚鴕鳥的丁可萌抬起頭，她看看卡片，像被踩了底線一樣，突然拔高了聲音，「我沒修！我的賣點就是真實不作假！全部生圖直出的好嘛！」

在丁可萌說完後，全桌人的注意力都變了，大夥探腦袋去看那張「生圖直出」的小卡。

那是一張時訣在校園操場旁的照片，應該是夏天的時候，他站在綻開著滿滿紫藤花的走廊旁，跟幾個人說笑，藍天白雲，彩花綠葉，那真是春風得意，驚豔絕倫的美少年。

蔣銳看著小卡說道：「這臉差不多吧，就這樣。」

劉莉也說：「是差不多，平時在學校看也這樣，他主要是上相。」

王泰林看著這群手肘往外拐的損友，罵道：「你們是不是瞎？你們仔細看看這鼻子和下巴，這他媽沒修？」

丁可萌說：「我真的沒修！他面部折疊度高，頭身比例好，拍攝效果就是這樣的！」

王泰林沒想到丁可萌居然敢跟他槓上，咬牙切齒道：「妳再說一遍？」

丁可萌低下頭，但嘴裡還是沒放棄，「本來就是……」

其他人還在翻小卡集，王泰林氣不打一處來，一把合上，塞包裡丟還給丁可萌。

他喊來服務生：「有啤酒嗎？」

服務生說：「對不起，我們這沒有酒類。」

王泰林暴躁地拿出菸。

服務生說：「對不起，我們這禁菸。」

眼瞧著王泰林的臉拉得跟驢一樣長了，徐雲妮想了想，說：「王哥，之前那事真的對不起，我實在是考慮不周。不過你在華都太厲害了，我可能因為得罪了你，在學校都沒什麼人理我。」

王泰林愣了愣，這話讓他稍微挺直了腰桿，看看周圍的人：「真的？你們怎麼她了？」

蔣銳和劉莉面面相覷。

「沒怎麼啊，」蔣銳指著徐雲妮，還訴上苦了，「就那天放學我們攔她打電話，她還——」

徐雲妮抓住他伸來的手，稍微壓下去點，「不說了，吃東西吧。」

蔣銳被她一抓，觸電一樣抽了出來，「妳幹嘛啊！」

王泰林哈哈大笑，大手一揮：「行了，沒什麼大不了的，說過去了就過去了！」

最後，王泰林要求丁可萌幫他也拍組照片，效果要對標時訣的紫藤花，丁可萌頂著壓力同意了。

新的丸子上來，大家聊起別的話題，徐雲妮情商拉滿，該說時說該接時接，全程捧著對方說，把王泰林哄得飄飄然兮，越發愉悅。

王泰林問她學什麼的，徐雲妮說是學普通科的。王泰林問那妳來華都幹什麼？徐雲妮說轉錯地方了，原本要去華衡，一字之差搞錯了。大家一愣，說這差得有點多吧，華衡是明星高中，本市資優生聚集地，怪不得妳看起來氣質跟華都不搭。

徐雲妮問，我看起來像學霸嗎？

王泰林無情揭穿，是看起來太土！

矛盾解決完，餐桌氣氛逐漸熱烈，到最後，是劉莉家裡打電話來問怎麼還不回家，這才散了夥。這頓飯吃得很成功，最顯著的成果就是散夥時徐雲妮居然跟王泰林互相加了好友。

一頓飯吃下來，王泰林似乎覺得徐雲妮性格挺對胃口，而徐雲妮覺得王泰林人也還行，雖然稍顯暴躁，但直來直去，很爽快。

萬萬沒想到，來到華都社交開張，居然是這樣的情形。

他們在飲料店門口分別，王泰林點了根菸，對徐雲妮說：「時訣今晚找我了。」

徐雲妮：「嗯？」

王泰林看她：「嗯什麼？時訣，妳們班班長，不認識啊？」

徐雲妮：「認識。」

王泰林：「怕我把妳嚇得不敢上學，他跟老師無法交代，找我說情。嘖，破職位還幹出責任感了，我是那麼不講理的人嗎？」

徐雲妮：「肯定不是啊。」

送別了王泰林他們，只剩下丁可萌。

丁可萌還是一副慫樣，低著頭。

徐雲妮久不說話，丁可萌悄悄抬眼，對上一道平和的視線，心裡一虛，又低下去了。

「在樓梯口是因為這件事嗎？」徐雲妮問。

丁可萌：「……樓梯口？」

徐雲妮：「妳跟我們班班長。」

丁可萌默認了，等著新一輪的控訴。

半天沒聲響，她又抬眼。徐雲妮靜靜看著旁邊的街道，也不知道在想什麼。驀然間，她回了神，對她說：「妳趕緊把相機拿回來吧。」

丁可萌小小「哦」了一聲。

徐雲妮回學校了。

走在安靜的小路上，晚風帶來陣陣飄香。

徐雲妮想起小時候一件事，有一次徐志坤任務受傷，在家休假，公司的同事來看他。他的主管，一個其貌不揚的中年男子，說要幫他裝衣架，上了窗臺折騰一番，衣架沒裝上，還一腳踩了空，好在有同事反應快接住了才沒出事。

同事們離開後，徐雲妮對徐志坤說：「這人太蠢了，你們部門好幾個叔叔都很厲害，怎麼讓他當上主管的？是不是送禮走後門了啊？」李恩穎聽了在旁邊笑。徐志坤過來摸摸她的頭，說：「妮妮，人都有優缺點，不能只看表面，一個人能當妳上級，肯定有比妳強的地方。」

走到校園門口，徐雲妮駐足，望望遠處亮燈的教學大樓。

這時候回憶起這麼一件事，使她情不自禁咂了下嘴。

第四章　早熟

今晚的自習澈底泡湯了，徐雲妮回到教室，收拾東西，準備直接回家。

她背上重重的書包，轉頭看向斜前方。

班長的桌子上扔著幾張紙，寫著天書一樣的東西。抽屜裡有幾本作業本，還有喝空了忘記扔的瓶子，是一瓶無糖的茉莉烏龍茶，便利商店裡常見的牌子。

徐雲妮乾站了好久，她有想過時訣出手幫忙的原因，可能是他自己說的，出於對新同學的關照，也有可能是他看到她在他家店裡的舉手之勞。

但不管什麼原因，幫忙了就是幫忙了，誤會了就是誤會了。她在想明天會是怎樣的光景？班長如果找來，她該說點什麼呢？

有點頭疼。

思來想去，還是決定按徐志坤的座右銘處理——「人，最重要的是實事求是。」

該說什麼就說什麼吧。

第二天上學，一切如常。

上午上課複習，下午有兩個小測驗，然後有人去集訓，剩下的人自習。

從後方角度看，上課期間，班長不算很認真，偶爾走個神，手拄著臉不知道在那想什麼。而閒置時間裡，他跟朋友們聊聊天，開開玩笑，還被班導師叫去一下。

Over。

放學。

徐雲妮全天跟他零接觸，可能視線對上過，但也很平常地移開了。

昨天那事像是沒發生過一樣。

晚自習。

安靜的教室裡，有幾名同學在悶頭讀書。

徐雲妮翻開試題卷。

她在落筆前，又看了斜前方空空的座位一眼。她感覺人的心理有時候挺奇怪的，如果今天時班長找到她，調侃幾句，徐雲妮大概會像對王泰林一樣，跟他道個歉，說幾句軟話，然後事情就過去了。

可他這麼輕描淡寫揭過此頁，她反而想了一整天。

後面一日，時訣請了假，沒來學校。

又過了一天，他來了，上午仍是正常上課。

中午放學時，劉莉過來喊徐雲妮，說王泰林叫她一起去吃飯，問她去不去。徐雲妮甚是驚訝，劉莉說王泰林的意思是上次她請客花了不少，他要請回來。

太講究了。

徐雲妮欣然同意。

兩人說著話往外走，碰到從洗手間回來的吳航和時訣。

看著兩個女生走遠的身影，吳航奇怪道：「什麼情況？她們怎麼聊起來的？」

時訣沒說什麼，回教室放了東西就離開了，出校門的路上碰到王泰林。王泰林惦記著自己網路認證的事，過來詢問情況。時訣告訴他事情已經說了，不過崔浩這兩天忙，過幾天才能有回應。

王泰林：「行，說了就行，不急。」

時訣一抬下巴，王泰林朝他示意的方向看去，門口，劉莉和蔣銳在跟徐雲妮說話。

「哦，沒事，一起吃個飯。」

「吃飯？」

王泰林想到什麼，頗為自豪地說：「嗨，跟你說，你白出面了，人家後面主動來找我道歉了。」

時訣沒說話，王泰林接著吹噓道：「那態度可好了！你沒見著，開口就叫哥，小嘴可甜了！」

時訣看著門口的方向，徐雲妮正在跟劉莉說話，不知道講到什麼，劉莉哈哈大笑。

校門口，蔣銳率先發現王泰林，招呼他：「王哥！」

王泰林朝外走，遠遠問一句：「吃什麼！研究出來沒？」

徐雲妮正在聽劉莉聊華都趣聞，聽見聲音回過頭，瞧見王泰林和他身後的時訣。視線好像交匯了百分之一秒，也可能是幻覺。

「不知道啊，」劉莉推薦說：「蓋飯？」

王泰林走到他們身前：「行，那就蓋飯！」

時訣轉向旁邊的人行道。

徐雲妮他們則朝著另一邊走了。

天氣晴好，陽光穿插於樹葉的縫隙，點點落在小路上。

兩方漸行漸遠。

時訣來到常在麵館。

午飯尖峰期，店裡人多，他直接進了後廚。吳月祁忙得不可開交，看見他，瞬間皺眉，時訣提前堵住她的話，說：「正事都幹完了。」他的事情都是一陣一陣的，最近熬了兩天，跟崔浩把林妍的編舞敲定。

時訣脫了校服外套放在椅子上，挽起袖口，去外面收拾餐桌。他拿回了幾個剛吃完的麵碗，吳月祁看見，擰著眉說：「放那，不是你該幹的活。」

時訣手上不停，說：「那妳倒是說說什麼是我該幹的，天天泡舞房錄音室？真沒那麼搞的。」

吳月祁：「你去看書啊，你們年底不就要考試了嗎？別在這浪費時間。」

時訣笑了：「妳說全省模擬考啊？那東西就是今天下午考也沒問題啊。」他把碗筷放進洗碗機裡，按了好幾下，不靈敏的鍵位終於有了反應。吳月祁在旁嘮叨，時訣則拿著手機查詢餐飲店鋪洗碗機的價格，一句也沒聽進去。

吳月祁是個特別講求衛生的人，時訣也是有過之而無不及，他做事手腳乾淨，全都收拾完後，自己那白襯衫上別說汙漬，連一滴水都沒沾上。

過了午飯尖峰期，人沒那麼多了，時訣閒下來，吳月祁幫他下了一碗麵，他這才把飯吃了。

時訣回學校時已經過了午休，下午的課都開始上了。

擺設一樣的警衛探出頭，看見熟悉的人臉，開了門。

今天下午都是藝術課集訓，大部分的人都走了，時訣回教室的時候，裡面沒剩幾個人，三五個因各種各樣情況不上課的人聚在那堆閒扯淡，還有一個在認真讀書。

吳航沒去集訓，見了他，用力招手。時訣直接走過去，靠在旁邊桌子上，跟他們說話。

安靜的教室裡，偶爾傳來閒聊和歡笑聲。

時訣沒說多久就有些累了，回座看了下書，又休息了一下。

下課，上課，再下課，再上課。

太陽在天邊劃了一道弧線，日光漸失。

剛放學，時訣接到崔浩電話，讓他過去加課。他看看時間，去舞社那邊吃飯肯定來不及，空腹上課又太折磨人，就準備在便利商店應付一口。他拎著書包往校外走，過了馬路，看見丁可萌在路邊打電話，一邊說一邊哭。

時訣進了便利商店，剛巧碰見徐雲妮，她正在收銀檯等待結帳，手裡拿著草莓牛奶、熱狗，和一個三明治。

晚餐尖峰時期，便利商店裡人擠人。

她打了個大大的哈欠，擦擦眼睛，並沒有看到他。

時訣去冰櫃拿了水，挑了碗杯麵，又買了幾個包子。

他讓店員幫忙加熱的時候，徐雲妮已經離開了。

店外，徐雲妮一出去就看到路邊哭著打電話的人，她定睛確認是丁可萌，就拎著塑膠袋過去詢問了。

時訣坐在落地窗旁，看著外面的風景，在店裡吃東西。

丁可萌跟徐雲妮哭訴。

她的相機沒了。

「什麼叫相機沒了？」徐雲妮皺著眉問，「妳沒去跟那個高職男生要嗎？」

「我去要了，他說相機丟了！」

「怎麼丟的？」

「就是丟了，他說放教室，但是沒了！」

「妳別激動，妳找他老師了嗎？」

「他不讓我找，他威脅我要是敢鬧大就把我偷拍的事說出去。」

徐雲妮考慮一下，說：「相機貴嗎？實在不行報警吧。」

「……不貴，就一千多，但那是我媽送我的生日禮物，我用了好多年了。」丁可萌越說越傷心。

徐雲妮看她紅著眼眶的樣子，說：「妳的高中生活真是豐富多彩。」

丁可萌垂著嘴角，眼瞧著又要哭了。

徐雲妮問：「妳覺得丟的可能性大，還是他自己把相機留下了？」

丁可萌摸摸眼睛，哽咽道：「……我不知道。」

「妳先別哭，想辦法解決問題，妳要麼直接報警，要麼……」徐雲妮想了想，思索道：「一個舊相機，送人也沒什麼意義，他如果自己不用的話，有沒有可能掛網路上賣呢？」

丁可萌一問三不知。

徐雲妮掏出手機，打開國內最常用的二手交易平臺，問丁可萌，「妳自己的相機妳能認出來嗎？」

丁可萌吸吸鼻子，說：「能，我用了好幾年，都有痕跡的。」

徐雲妮：「什麼牌子？什麼型號？先試試看能不能找到。」

丁可萌說了型號，徐雲妮輸入進去，出來不少，徐雲妮篩選同城發貨地，兩人一個一個查看。

看得有點久，徐雲妮乾脆拉著丁可萌蹲在樹下面，她把塑膠袋解開，三明治自己吃，熱狗給了丁可萌。

徐雲妮神色平靜而專注，手機的光照在她臉上，反射出淡淡的銀灰。

運氣相當不錯，這一查真查到了，高職男心那叫一個大，連相機上的貼紙都沒撕就掛上去了。

丁可萌一看，氣得火冒三丈，原地跳起來。

「他把我相機掛兩百塊！那裡面還插著 32G 記憶卡呢！這土狗有病吧！」

「妳先冷靜點，想想這事怎麼辦，」徐雲妮咬著三明治，把丁可萌拉回來，「妳想抓他現行，就約他線下交易。」

丁可萌又蹲下來，「抓他？那他會不會打我們啊？」

……們？

徐雲妮說：「打人也太誇張了，光天化日的，還有王法嗎？妳不用怕，這事無論如何都是他不占理。」

丁可萌仍是猶猶豫豫。

徐雲妮知道她的顧慮，又說：「妳要是實在擔心，那就不去線下。如果只想要回相機，就直接在網路上買了，花錢買個教訓，以後跟這人劃清界限。妳自己決定，覺得貴不貴。」

「倒是不貴，」丁可萌無所謂地說：「幾張卡的事。」

徐雲妮頓了頓，問她：「妳一張卡賣多少錢啊？」

「分人分卡，最便宜的十幾塊，貴的話，像上次時訣的紫藤花……」她在徐雲妮耳邊小聲說個數字。

徐雲妮沉思片刻，說：「丁可萌，妳這不太行吧，人家只是不追究，真認真妳可能要吃官司的。」

丁可萌不甚在意：「妳不懂，這圈就這樣！」

她確實不懂。

「先說這事吧，」徐雲妮再次拿起手機，「怎麼說？妳是去找他還是把相機買了？」

丁可萌最終決定：「買了吧，我不想去找他了。」

「那好，直接買了，我先跟他講講價？」

「還有空間嗎？」

「試試唄。」

兩人腦袋瓜湊一塊，徐雲妮聯絡賣家，大砍特砍，可能因為著急出手，還真讓她砍下二十塊，最後以一百八成交，不包運費。

丁可萌還是轉了二百給徐雲妮，多了二十辛苦費。

徐雲妮跟賣家確認發貨時間，丁可萌蹲在旁邊看著，發自內心地說：「妳真有辦法，徐雲妮，我請妳吃個飯吧。」

徐雲妮打著字，隨口問：「這次有沒有王泰林啊？」

丁可萌訕訕道：「沒有啦……」

「不用請了，沒多大事。」

「請吧，這相機對我很重要，我是真想謝謝妳。」丁可萌說著，靈機一動，「哎，妳要是不吃飯，我送妳一張卡啊？妳有喜歡的卡嗎？」

螢幕上滑動的手指停下了。

丁可萌說：「要麼給妳時訣的紫藤花吧！」

徐雲妮說：「不用了，太貴了。」

「不貴！妳隨便挑一張！」丁可萌很大方，從書包裡掏出卡冊，「我們區三十六所中學，但凡有點名氣混圈的，我都能幫妳找到！但我說實話，不管從藝術角度，還是將來升值的角度看，還得是時訣！」

她一頁一頁地翻，徐雲妮側目看著。

最終還是停在紫藤花這頁，丁可萌非常滿意自己這個作品。

徐雲妮看了片刻，問：「下面那種多少錢？」

那是一張側影照片，臉被樹枝遮擋了，但依然能一眼看出是時訣。

夏季的夜晚，藏在樹裡的路燈和街邊亂七八糟的看板構成了基礎的光影效果，時訣站在人行道旁，旁邊停著一輛黑色的轎車，他穿著白色襯衫，衣尾收進長褲中，手插著口袋，稍低著頭。

整個構圖看起來很舒服。

也許是因為看不清臉，便去掉了一層浮華與躁動，他像個不那麼普通的上班族，下了班，在等著誰。

而後——

身前傳來一點聲音。

接下來的五秒鐘，可以說是徐雲妮目前活到現在，體驗過的最難以描述的五秒。

第一秒，丁可萌說：「這張啊？」

第二秒，徐雲妮視線裡多了一雙鞋，一雙普通款的低筒板鞋。

第三秒，她盯著那雙鞋，和那雙修長的小腿，腦中迅速有了判斷。同時，身旁的丁可萌說：「妳喜歡這張？沒想到妳還挺有品——」

第四秒，不等她說完，徐雲妮一把將卡冊合上，丁可萌疑惑：「妳幹什——」

第五秒，丁可萌也發現了時訣，趕緊捂住卡冊。

場面陷入長久的沉默。

在這緊張刺激的時刻，徐同學再次想起了兒時經歷。

她上小學的時候，有一次班裡看動畫，裡面有個角色擁有一種超能力，用未來的壽命換取時光倒流，彌補遺憾。看完之後老師問他們，想不想擁有這種能力，問到徐雲妮時，她異常成熟地回答道：「不要，人生如棋，落子無悔。」

現在想想，還是青澀，話說滿了。

時訣朝丁可萌伸出手，丁可萌像朝外交部遞交資料一樣，恭恭敬敬將卡冊放到時訣手裡。

時訣身子稍微一歪，站在那翻看。

徐雲妮站了起來，蹲太久，腿有點麻了。

時訣問：「妳們在這蹲著半天，幹什麼呢？」

丁可萌小聲解釋了相機的事，時訣聽著，沒發表看法。

他又翻了一下卡冊，問丁可萌：「這些都是妳拍的？」

一陣風吹過，樹葉子動得都比丁可萌點頭的幅度大。

時訣：「妳技術可以啊。」

「……嗯，啊？」丁可萌一愣，小腦袋抬起來點，「是嗎？你覺得還行嗎？你、你喜歡就好……」

見時訣沒有生氣，丁可萌開始獻殷勤：「哥，等你將來紅了，這些都可以拿來考古的，校園時期的照片可是證明你沒整容的關鍵證據，多種角度都有。」

時訣挑挑眉。

丁可萌覺得他反應還行，進一步說道：「哥，你要是有什麼不滿意的你就說，或者你比較喜歡什麼風格的，以後我多留意！」

時訣一邊聽一邊看，最後單手卡住冊子，翻轉過來朝著對面，修長的食指在某張卡上輕輕一點，「這種風格吧。」

徐雲妮眉梢神經一跳。

丁可萌興奮起來了。

「呀！你喜歡這張啊！其實我也喜歡這張！他們都覺得紫藤花最好，但說真的，我覺得哥你的氣質就適合這種暗夜之下帶點幻彩的冷調，有種孤高的美感！」一涉及專業領域，丁可萌嘰里呱啦說一通，最後用力拍拍徐雲妮，補充道：「她也最喜歡這個！我剛還說她有品位呢！」

時訣的視線看了過來。

四目相對，徐雲妮「嗯」了一聲。

其實她也不太清楚自己在「嗯」什麼。

時訣剛要說話，手機震了起來，是崔浩打來的電話。

他接起：「……喂？我還在學校這邊，馬上過去了，晚不了。」

他一邊說著話，手裡還拿著那本卡冊，往徐雲妮那邊轉了一下手腕。

徐雲妮不解，看看卡冊，又看看他。

時訣掛斷電話，收起手機的同時，問她說：「需要幫妳簽個名嗎？」

徐雲妮：？

徐雲妮嘴巴微張，一臉困惑。

時訣鼻腔輕出一聲，深深看她一眼，把卡冊還給丁可萌，轉身離去。

丁可萌看時訣走了，長鬆口氣：「哎呦，嚇我一跳，怎麼突然冒出來了。」她看著卡冊，又難掩興奮，「不過，真不愧是時訣，有眼光！居然認可了我的技術，要不然我現在就幫他開個站子吧！」

徐雲妮問：「什麼是站子？」

「嗯……就是開一個他的照片庫。」

「然後呢？」

「然……」丁可萌突然卡住了，看看徐雲妮一本正經的眼神，「哎，跟妳說不清楚，妳不懂。」

徐雲妮沒有追問，又乾站了一下。

眼前伸來一隻爪子，丁可萌晃了晃手，說：「妳怎麼不說話了？妳是不覺得剛才有點尷尬啊？哎，沒事的！時訣就那性格，妳觀察久了就知道了。」

徐雲妮問：「什麼性格？」

丁可萌：「隨著性子來啊，他心情好了便逗逗這個撩撩那個的，放心，妳覺得丟人的事他可能睡一覺就忘了。」說到這，她想到什麼，又提醒徐雲妮，「不過妳可別當真啊。」

徐雲妮又問：「當真什麼？」

「別喜歡上他啊。」丁可萌說著，又「哎」了一聲，「妳是好學生，肯定不會搞這些的，算我多嘴。」

徐雲妮：「為什麼不能喜歡？他有什麼問題嗎？」

「他……」丁可萌沒想到徐雲妮還真往下問了，解釋說：「也不是有什麼問題，他早晚會簽約的嘛，他鐵定會幹這行的，到時候他以前的戀愛關係百分之百都要切了。他現在就算談，也純做消遣，到最後都要為正事讓路。哎喲……」丁可萌撇撇嘴，擺擺手，「妳看他那樣，一臉薄情相，天生花花公子聖體，那方面很不當回事的啦！」

比起她評價時訣的內容，徐雲妮感覺丁可萌臉上的表情更有看點，一種既喜歡又嫌棄的神態，相當複雜。

徐雲妮打量她，說：「妳剛才在他面前不是這個態度吧。」

「嘖！一碼歸一碼，」丁可萌拍拍胸口，語重心長地說：「妳是好人，又幫我這麼多次，我是怕妳沒見過這種人，三言兩語就動心了，才跟妳說這些掏心窩的話呢！」

徐雲妮動動嘴角，點頭道：「行，謝謝妳提醒，我要回去自習了。」

丁可萌：「來，卡給妳！」

為了找相機，今晚自習時間少了二十分鐘。

徐雲妮趕生趕死做了一份試卷，還剩下三四分鐘，對答案不太來得及，她就靠在椅背上歇了一下。

她拿出那張丁可萌大方贈與的小卡，正反面都看了看，卡面品質相當不錯，貼著膠膜，還帶著亮片。

她又往斜前方的書桌瞄了一眼。

然後就收拾東西回家了。

一進家門，李恩穎在客廳看電視，趙博滿在廚房煮東西。

徐雲妮問：「你們還沒吃飯嗎？」

李恩穎說：「吃完了，妳趙叔在燉燕窩呢，幫妳也煮了一份。」

徐雲妮看了廚房一眼，這是一個明顯有別於從前的畫面。

以前家中，都是李恩穎下廚，徐志坤工作繁忙，一有任務家都難回。李恩穎做飯不好吃，徐雲妮跟吳月祁說的話都是真的，李恩穎做牛肉每次都乾得拉絲，又堅決不點外送，說不健康。徐志坤在家有空的時候也會做做飯，但他廚藝更普通，或者說是圖省事，最喜歡的就是把所有食材準備好，然後扔到一鍋裡煮開，蘸調料吃。

相比之下，趙博滿的技術精湛多了，會做一些非常複雜的菜式，煲那種幾個小時才能做好的湯。

算是個優點。

徐雲妮去洗手換衣服，出來在客廳吃東西。

難得趙明櫟也被喊下來了。

趙博滿：「你就不能放下手機吃飯？不怕吃鼻孔裡。」

趙明櫟：「我要真有這手我還神了呢！」

趙博滿管不了他，仰天長嘆。

李恩穎拍拍趙博滿，示意他說正事。

趙博滿說：「那個，妮妮，小帥，明天是我們的紀念日，我們打算出去吃一頓，二位能否賞光一起呀？」

趙明櫟終於從手機上抬眼了，驚訝道：「紀念日？你們登記啦？」

「沒沒沒，」趙博滿連忙說：「還沒有，這麼大的事肯定會提前告訴你們的。是這樣，明天是我們中學時期參加比賽贏得一等獎的日子。」

「什麼比賽？」

「桌球混雙。」

別說趙明櫟，連徐雲妮都「啊」了一聲，多神奇啊。

她先說道：「好，那我明天早點回來。」

趙明櫟也應了。

趙博滿高興地拍手，說：「太好了！明天家庭聚餐！」

月色下。

時訣推開舞社大門。

第一眼就看見了魏芊雯發黑的臉。

她話都懶得說，往裡面一擺頭，時訣直接進到休息區。崔浩穿著一件深綠色短袖，外面還是披著那件萬年不變的薄襯衫。他聽到聲音，半回過頭。

「來了？」

「嗯。」

「剛放學？」

「嗯。」

「……你心情挺好啊。」

「有嗎？還行吧。」

「晚飯吃了嗎？」

「吃了。」

時訣是瞭解崔浩的，他不是個廢話多的人。

他問：「有什麼事嗎？」

「沒事啊，哦對了……」崔浩像突然想起什麼，「你上次說那個你們學校的學生，叫王什麼？」

「王泰林。」

「他不是要掛名助教嗎？讓他掛吧。」

時訣點點頭：「好，謝了。」

崔浩：「你讓他沒事多練練，他條件不錯的，多打磨一下基本功啊。」

時訣站在沙發前，看著崔浩。

崔浩：「行了，沒事了，去上課吧。」

時訣知道崔浩有話沒說完。

他去更衣室換了衣服，直接去上課。

下課後，他來到前檯，取了瓶水。

Delia 和跟魏芊雯都在，Delia 朝他招招手，還往走廊裡瞄了一眼，確定沒有崔浩。

時訣笑道：「到底什麼事？這麼神祕？」

Delia 抓緊時間跟時訣說：「那個小模特兒。」

「她怎麼了？」

「她不是要參加節目嘛，但競爭挺激烈的，聽說好像有變數。你哥追人家追得起勁，一個電話就屁顛屁顛想幫忙。」

「怎麼幫？」

「節目主辦方的負責人跟林妍很熟，都是樂陽傳媒的，崔哥想讓林妍把人約出來吃頓飯，林妍肯定想帶上你唄。」

時訣了然，目光看向通道深處。

魏芊雯冷嘲熱諷：「真不愧是小了十四歲，拿捏你哥跟玩似的，前一陣子還吊著呢，一天回不了兩三則訊息，現在碰到事了，突然學會主動打電話了！連你都要拉出去用了！」

時訣沒說什麼，躺到沙發上休息了一下。

過了一下，崔浩過來了，他也是剛下課，滿身熱騰騰的汗，跟幾個學員說了點話，然後來前檯叫時訣，說：「走，跟我出去逛逛。」

時訣跟在崔浩身後，走出舞社。

兩人一路散步，不知不覺又走到了之前那座天橋上。

下方如龍的車流帶起雜訊和廢氣，裹著塵土的氣味，混合在秋風裡。

身旁崔浩有一句沒一句說著廢話，時訣左耳進右耳出，緩步溜達。

崔浩走到天橋中間停下了，對著燈影繁華的城市，隨口道：「你明天晚上空出來啊。」

「幹嘛？」

「哥帶你去喝點高檔酒。」

「陪林妍喝？」

崔浩轉過頭，看看時訣的表情，頓時明白了。他掏出一根菸，天橋上風大，他點了好幾次才點著，猛過一圈肺，又說：「是不是雯子又跟你說什麼了？」

時訣反問：「說什麼？」

「別聽她們的！」崔浩不耐道：「就是普通吃個飯，認識點人，沒什麼大不了的。」說著話，視線卻飄來飄去。

其實他們平日出去喝酒扯淡的次數不少，屬實家常便飯，可能這次崔浩真起了點為了女人利用兄弟的心思，稍微有些心虛。

崔浩性格就是這樣，什麼都寫在臉上。

「樂陽那公司真不錯的，叫你去就是交交人脈！」他再次強調。

時訣歪著頭看崔浩。

代的存在。

雖然崔浩性格很凶，一股暴力傾向，成天罵罵咧咧，但對時訣來說，他確實是個不可替

這要往很早之前說。

時訣的父親時亞賢是一名舞蹈家，現代舞出身，他也是崔浩的舞蹈啟蒙恩師，他後來病了，在生命的最後幾年，他是跟老家的一個麵館老闆，也就是吳月祁一起度過的。

時亞賢去世的時候，吳月祁身體情況很差，還是崔浩從外地趕來幫忙處理了後事。後來崔浩勸說吳月祁，帶時訣來到他所在的這座城市，方便關照。他們剛來時，是崔浩借給他們錢租房開店。後來吳月祁身體好轉，店鋪經營情況良好，加上時訣也開始賺錢，生活才慢慢走上正軌。

時訣問：「是那個模特兒讓你請客的？」

「什麼？」崔浩瞪眼，「跟那沒關係！」

時訣歪過頭：「你把舞社改名也是因為她？因為她想出道，你不能公開，所以改個名字紀念自己沉默的愛情？哥，沒看出來啊，你還挺文藝。」

崔浩一張老臉漲得跟什麼似的，咬緊牙，作垂死掙扎。

「你聽不明白老子說話是吧？我都說了，跟別的沒關係！就是我讓你去！我們喝點酒，玩一玩！隨便聊聊！」

時訣：「去不了，明天學校有考試，我走不開。」

拒絕得叫一個冷酷乾脆。

崔浩知道肯定是魏芊雯私下跟他通了氣，他有火發不出，憋得眼前一陣發黑，最後只能仰頭看天。

雲彩皺巴巴的，老天爺都陪他一起愁。

他閉上雙眸，努力平復情緒，忽然感覺到什麼，睜眼轉頭，看見一張湊近的俊臉。

時訣：「你不會要哭了吧？」

崔浩瞬間爆炸：「你他媽——！」

他忍無可忍，扔了菸，衝過去抓住時訣的衣服。

崔浩力氣不小，但架不住時訣鐵下盤，而且真論體格，時訣比崔浩大一圈，拉高一個級別。他稍微配合崔浩轉了半圈，靠在天橋圍欄上，抓住他的手腕。

崔浩怒道：「我最後問你一遍，跟別的無關，就是帶你去玩玩，你到底去不去？」

「去什麼啊？」時訣淡淡道：「我對喝高檔酒沒興趣，對認識人也沒興趣，我現在是考生，哪有那麼多時間玩啊？」

崔浩猛吸一口氣，心說你從小到大哪怕有一秒鐘心思放在學業上過？要不是吳月祁盯得緊，怕是連升學考都不會參加。

但他沒開這個口，知道說了也要被嗆，時訣從不吃口頭上的虧，嗆到最後能把人活活氣死。

崔浩這口氣足足憋了七八秒才吐出去，搞得頭暈腦脹。他煩得要死，甩開時訣，又掏出一根菸，還沒點著火，聽到時訣緩聲道：「不過……」

崔浩抬眼瞪他，等著看他還放什麼屁。

時訣上下看看他，輕飄飄地琢磨道：「如果你真說，你愛那女人愛得死去活來，沒她不行，想幫她爭取這個活動機會，需要我幫忙，那我會勉為其難考慮一下的。」

崔浩聽傻了。

你看看他，他看看你，你看看他，他看看你。

最後，崔浩叼著菸，喃喃道：「你是不是真的以為老子不會揍你？」

時訣看著崔浩準備火山噴發的模樣，忽然憋不住了，笑著說：「哎，跟你開個玩笑而已，我肯定會去的，我就等著林妍找我呢。」

「……什麼意思？」崔浩頓了頓，盯著時訣，「你他媽不會真要下海吧？」

時訣嗤了一聲，他伸出手，從崔浩衣服口袋裡拿走菸盒，又順走他手裡的打火機。

「我有一首歌，」他抽出一根放入口中，低下頭，攏著手點燃，「很適合她。」

「啊？」崔浩一愣，「是嗎？那你早說啊，我能替你聯絡她啊。」

時訣把打火機放進菸盒，插回他的口袋，嫌他蠢似的。

「那肯定不如她自己找上門賣的多啊。」

崔浩：「……哦。」

時訣又朝他抬抬頭，隨口道：「別總這麼愁眉苦臉的，老得無法看了，還怎麼騙小女生。」說完，他手臂搭在欄杆上，望向遠方休息。

崔浩原本要反駁他，但見晚風吹著他的襯衫、長褲，勾勒出修長的線條，他的神色跟平日一樣，放鬆淡然。

這畫面讓他有些怔住了。

崔浩比時訣大了十三歲，一輪有餘，但他時常覺得，時訣比他更成熟一些，也更現實一些。

他很理解時訣這種早熟。

在崔浩的記憶裡，時訣的父親時亞賢是個相當有魅力的男人，他很年輕的時候跟一位小提琴家結了婚，生下時訣，但很快就離了。

在那之後，他有過幾段感情，但都不順利。

並不是時亞賢太花心，恰恰相反，他是個極重感情的人，只是怎麼說呢……他腦子可能不太好，又有點藝術家自帶的清高，過度看中精神追求，而不重視物質。

這種浪漫主義風格往往在愛情剛開始時非常迷人，但過了熱戀期，就顯得有些天真了。

時亞賢後來生了病，負擔不起在外開銷，就帶著時訣回了老家，陪伴他們的是他在老家的朋友吳月祁。

其實時亞賢和吳月祁並沒有真正在一起過，只是時亞賢病到後期精神錯亂，對著吳月祁喊老婆，吳月祁也配合他，時訣的這聲「媽」就一直叫到了現在。

時亞賢是個優缺點都很突出的人，他才華橫溢，充滿熱忱，完全不看重錢財，是讓崔浩這個貧窮的留守兒童走上藝術道路的恩人。可他確實有些過分理想主義，又有點精神潔癖，缺乏理解他人的能力，最後心灰意冷，什麼都沒能留住。

時亞賢病了之後，崔浩時常抽空去探望，那光景讓人無限唏噓，很難想像曾經風華絕代的人物會淪落到那般地步，不少人受過他恩惠，來探望的卻寥寥無幾，身邊只有個殘疾的女人和一個瘦弱的孩子，靠著吳月祁那點微薄的積蓄度日，死的時候都花乾淨了。

後來吳月祁帶著時訣來到這座城市，死命拚了一兩年，才慢慢緩過這口氣。

在這樣的環境下長大，時訣自然而然養成了早熟的性格，他很少談理想，而更關注現實的東西。他完全遺傳了父母的才華與游刃蠱惑的魅力，甚至青出於藍，但也許是看多了他爸那一段段天真無果的情感付出，他對這方面很淡，人際交往主打無拘無束，來去自由，他很少說真心話，也不太愛回覆別人的真心話，所以經常會得到諸如「冷漠薄情」、「獨善其身」的評價。

但崔浩真心覺得，有些評價有點過頭了。

時訣側過頭，問：「幹嘛這麼看著我？」

崔浩說：「真想借你的臉活幾天。」

時訣又笑了兩聲。

秋夜月明，天邊只有零散的幾顆星，忽明忽暗，照著這對兄弟一邊閒聊，一邊走下天橋。

翌日。

時訣照常上了學，晚上放學回家，簡單洗漱。

他洗澡很快。關了水，浴巾隨便擦擦，光著腳走出浴室。

他來到衣架前，換上一件黑背心，一件黑色與亮銀交織的網狀棉麻上衣，一條帶著些點綴的黑色長褲，配上腰帶。

拉開收納箱，裡面鋪了一層飾品。

他拿了一條細的皮項鍊，兩對耳釘，一對素面耳環。穿戴好後，他回去洗手間，抹了薄薄一層均勻膚色的面霜，用筆掃一下眉眼，然後塗了些髮蠟，將半乾不乾的頭髮向後捋了捋，露出額頭。

噴了香水，又做了點最後處理，全部搞定。

他的速度很快，全程大概十來分鐘，在大部分他這個年紀的學生，尤其是男學生眼裡，他這些步驟甚至可以說有些魔幻了，但對時訣來說，這樣的流程他再熟悉不過了。

他的父親是職業舞蹈演員，濃妝豔抹，盛裝打扮是常事。後來他來到這座城市，跟在崔浩身邊，經常充當童工，跟著ＳＤ的舞團參加各種活動，很多表演都需要化妝做造型，大多活動都沒有替他們安排固定的化妝師，要自己處理。

對時訣來說，根據不同場合裝扮自己，就像沖個熱水澡一樣簡單。

準備好後，時訣揣上手機，出了門。

這頓飯約在一家較為隱蔽的私房酒館，私房到什麼程度，連招牌都沒有，不對外，都是會員制內部推薦，價格自然也高到離譜。

時訣到的時候，崔浩正在門口抽菸，一邊打電話。

他的臉上堆著平日裡絕對見不到的笑容，時訣還沒走到他身邊，崔浩掛了電話起身招呼他往後看。時訣回頭，見路口停下一輛車，車上下來五個人。打頭的兩女一男，都是三十歲左右，後面還跟了一對年輕男女，說說笑笑很活潑。時訣只認得走在最前面的林妍，她沒化妝，穿著寬鬆的運動服，半戴著口罩，看起來心情不錯的樣子。

崔浩迎了上去：「妍姐。」

林妍抬抬下巴：「進去說。」

一行人進到店裡，踩著暖色的燈光，走到內部包廂。

服務生開門，崔浩側身讓林妍他們先進屋。這時，更裡面的房間出來一個人，走道窄，她沒注意，擦到時訣後身。

「不好……」那人抬眼，剛好時訣回頭看來，她停了一下，把話說完，「不好意思。」

時訣看著她，不等回話，兩三秒的功夫，他就被崔浩拉進屋了。

第五章　醉意

門關上了。

徐雲妮目光落在門上。

是他嗎？

肯定是吧，那個身材，那張臉，不存在撞號的可能。

他是化妝了嗎？

男生、高中生，化妝……這幾個詞是怎麼組合到一起的？

跟他在一起的那幾個人……大概五個？六個？有年紀大的，也有年紀小的。

徐雲妮左右看看，店內大廳小，正門關得死死的，沒有窗戶，牆上掛著壁毯和畫，靠著正門有一個休息區，再往裡走是洗手間。店裡播放著輕緩的爵士樂，大廳內有個小吧檯，裡面有幾個人正在閒聊。

徐雲妮去了洗手間，然後回到自家的包廂，推開門，聽見李恩穎朗朗的笑聲。

房間裝潢是復古風格，一張原木長桌在中央，鋪著華麗的餐布，兩邊各安排兩個座位，桌子中間擺了精美的花朵裝飾，兩邊是菜肴與酒水，還有火腿、海鮮，和起司等下酒佐菜。

過了一下，進來一個廚師打扮的男人，趙博滿說是這家店的老闆，姓劉，是他的好朋友。劉老闆跟李恩穎打了招呼，趙博滿又介紹徐雲妮，徐雲妮先問了好，然後問：「劉叔叔，你知道隔壁是什麼人嗎？」

「隔壁？」

「對，我剛才看見幾個帥哥美女進去，有點好奇。」

「啊……」劉老闆想起來了，「訂位的是一家娛樂公司的經理，另外那幾個年輕人我也不認識。」

趙明櫟明顯跟劉老闆很熟，開玩笑道：「帶來玩的嗎？劉叔，你們這是正經餐飲吧？」

「哈哈！」劉老闆被他逗笑了。

此時，隔壁也在介紹人。

林妍引薦那對成熟的男女，樂陽傳媒的李雪琳經理和經紀人張捷，然後是崔浩這邊。

「這是ＳＤ的老闆崔浩。」

李雪琳笑著說：「我特別喜歡ＳＤ的風格，很早就想認識崔老師了。」

崔浩：「不敢當不敢當。」

李雪琳：「這次真是巧了呢。」她看向時訣，又問，「這位是……」

崔浩忙說：「這是我弟弟，也在我那當老師。」

一旁的女生打量時訣，好奇地問：「你多大了？」

時訣：「十九。」

女生：「你都十九了？你還是高中生嗎？是上學上得晚嗎？」

不是上得晚，是因為時亞賢的病，他輾轉多地，休學了一年多。

他回答她：「對。」

林妍跟崔浩和時訣介紹說：「這是若依和阿京，是公司新簽的孩子。」

這兩人均是精心打扮，尤其那個叫阿京的男生，一身名牌，毛邊上衣，破得稀碎的牛仔褲，兩條腿在裡面隱約可見，戴了幾個戒指，脖子上的項鍊也是一層接著一層，像瀑布一樣淌到胸口。

酒水飲品很快上齊，他們邊喝邊聊。

酒局整體氣氛很放鬆，林妍和李雪琳都是交際場的老人了，談笑風生。

房間裡瀰漫著醉人的香氣，眾人不知不覺已微醺。

房間裡還有小型K歌機，若依研究了一下，調暗頂光，打開氣氛燈，跟張捷和阿京在一旁唱了起來。

崔浩喝得多一點，臉頰泛紅，端著酒杯與李雪琳說：「李總，您看那個節目……」

李雪琳誠懇地說：「我知道你的想法，但這個節目現在贊助商盯得很緊，到時候公司也會來人看初選，真不是我說定就能定的。現在很多團體都推了人，各方都在協調，最重要的還是節目品質。」

崔浩頻頻點頭，低聲說：「是是，這我知道，肯定的……」

旁邊忽然有人說：「都有哪些團體？」

李雪琳轉過頭。

時訣也喝了酒，兩顴輕微的紅，襯得眼睛黑得厲害，蕩著水波似的，專注地看著她。

李雪琳拿起酒杯抿了一口。

她說：「太多了，節目包給了大機構製作。」

崔浩說：「我看到你們合作的舞團了，其實，李總，我這麼說可能……」他猶猶豫豫說不出口，一旁時訣替他說了：「您先看看他們的，再給我們一個機會，您自然就明白了。」

李雪琳：「喲，你這麼自信啊？」

時訣笑著說：「是真的嘛。」

李雪琳想了想，問崔浩說：「你們的作品有影片嗎？」

崔浩心裡罵了一句，早知道就提前準備一份了，他有些懊惱地說：「我還沒來得及，最近一直在做妍姐的舞蹈……」

「我之前在家錄過一版，」時訣拿出手機，「不過有點簡陋。」

李雪琳和林妍湊在一起看了一遍，李雪琳的手在螢幕上滑動幾下。

「挺好的，就是有點暗，這能放大嗎？」

「放不大。」

「這樣是不是看不清楚細節。」

時訣笑笑，說：「要麼這樣，我來跳一遍吧。」

李雪琳驚訝道：「現在嗎？在這？」

時訣說：「地方是小了點，您看下大體感覺。」

李雪琳說：「行行行，那你跳吧。」

時訣起身，拿著手機到音響旁邊，連上藍牙。若依瞧見了，過來問：「幹嘛？你要跳舞嗎？」

時訣：「嗯，幫我把燈調暗一點。」

他整理衣服，稍微一動，身上就擦出了淡淡的香味，若依忍不住多看了兩眼。

「……怎麼還要調暗啊？」

「我臉皮薄啊，見不得光。」

那聲音落在若依耳朵裡，蜻蜓點水一樣，輕輕的，癢癢的。

時訣就在這不大的包廂裡跳舞。

舞蹈是崔浩拉著時訣研究了老久的，他為自己的心上人下足了功夫，編排品質非常高。

編曲部分，時訣在舞曲的節奏下鋪了幾層提琴的底調，雖然節奏偏快，卻是一首綜合著激昂與傷感的悲曲。

時訣手長腳長，比例完美，他有著扎實的現代舞和街舞功底，這支曲子對他來說實在小菜一碟。他的動作沒有做滿，只到六七分的程度，框架仍是極大，有許多細節，在簡約的服裝襯托下，越發游刃有餘。

他把燈光調暗了，看不清臉，正因這一抹模糊，更顯朦朧。

時訣跳完，屋裡人稀里嘩啦鼓掌，若依還在旁吹口哨，超級捧場。

全場只有一個人很淡定，就是見慣了時訣跳舞的崔浩，他看著時訣隨手撥弄前額，擋住視線，有些不好意思似的模樣，心道裝還是你會裝。

不過還真有人吃這套。

李雪琳關心地問：「怎麼了呀？」

時訣綿綿的「哎」了一聲，說：「我真喝多了，要不然您把剛剛忘了吧。」

林妍：「跳得這麼好，幹嘛要忘啊？你臉怎麼還紅了，也沒喝多少吧？來，過來坐。」

臉紅倒不是裝出來的，主要時訣酒量普通，而且剛喝完就跳舞，雖然舞蹈動作做得不大，但其實全程核心都要用力，配合著呼吸，控制身體。

時訣被林妍拉過去，坐進沙發裡，他接過她遞過來的酒，林妍跟他碰了一下，兩人一飲而盡。

他捏捏後脖頸，難受道：「暈死了……」

林妍說：「你酒量不太行吧。」

「跟林老師肯定比不了了。」

「別叫我老師了，我們誰上誰的課啊？你跟崔浩一樣，就叫我姐吧。」

「看起來不像比我大啊。」

「哎呦！」林妍嘴裡的水果差點沒噴出來，啼笑皆非地推了他一把，「你跟誰學的，太假了！」

「我哥。」

「崔浩是這風格啊？」

「是唄，」時訣兩肘撐在腿上，看著前方跟李雪琳點頭哈腰的男人，「不然怎麼追個女人追成這樣了。」

林妍笑著說：「我跟你哥認識這麼多年，他是真正的性情中人，就是有時候腦子確實不太靈。」

時訣也笑了，偏過頭看她，「妳要是不喜歡，我就不說了。」

林妍看著這雙因醉酒而晶瑩迷蒙的眼睛，「別啊，出來玩不就是為了開心嘛，我跟崔浩是老熟人了，沒什麼顧慮的，大家都是高興說什麼就說什麼。」

時訣倒著酒，林妍靠近些，問他說：「剛剛你錄的影片裡，我看到製作設備了。你跳舞的這首歌，跟崔浩女朋友之前在綜藝舞臺上用的那首，編曲味道一模一樣，該不會都是你做的吧？」

「嗯。」

「那麼俗氣的歌也能編成這樣？」

若依那邊在唱歌，時訣看著前方跟李雪琳結結巴巴講自己作品創作想法的崔浩，一時沒聽清林妍的話。

「怎麼不說話？」林妍歪過頭，「不高興了？你誤會了，我不是說你的編曲俗，是原曲。」

時訣回神，視線落下些，看著林妍歪著身子睜大眼睛看他的樣子，笑著說：「幹嘛呢？這次真的不像比我大了啊。」

酒精都沒刺激到的臉頰，被他一句話催熱了。

林妍喃喃道：「你打哪冒出來的呢……我太喜歡你的編曲風格了，你作曲怎麼樣？跟我合作一次吧？」

「行啊，」時訣說：「不過我有點貴哦。」

被調暗的燈打在他雋秀的眼眉上，留下碎碎的陰影，從下頜，到喉嚨，再到鎖骨窩，一條長長的綿延線條，亮著柔光。

酒是一杯接一杯地喝，後腦勺是一寸接一寸的疼。

林妍沙場老將，紅白啤三班倒，什麼事都沒有。時訣一路奉陪到底，喝到最後，林妍醉醺醺的，拉著他講些有的沒的。時訣胃裡燒得厲害，最後終於撐不住了，跟林妍說：「林老師，我出去點個果汁。」

林妍揚揚頭，時訣站起來，跟崔浩打個招呼就走了。

時訣離開包廂，沒有去點果汁。

洋酒後勁強，他一站起來，腦子一陣發昏，差點沒栽倒，他實在不舒服，直接去了洗手間。

在他試著能不能催吐的時候，外面張捷和阿京也進來了。

他們解了手，在洗手檯說話。

「你看到沒，剛才那小子，那舞跳得真不錯。」

「有什麼了不起的，舞又不難。」

「就是不難才能看出水準呢。」

「我跳得不比他差好嘛！」

張捷笑道：「就你那基本功跟人家比？」

阿京不滿：「怎麼了！」

張捷感嘆道：「嘖，不怪林妍非要把我們喊來，這條件要是能招進公司……」

阿京冷冷道：「還要招？你沒看見他剛才那樣？狐狸精似的，他怎麼不直接跪老闆腿中間開舔呢！」

張捷哈了一聲。

「死媽的玩意！」阿京咬牙切齒地罵著，「老闆別被他騙了！早知道我就不來了，看得一肚子氣！」

張捷無奈道：「跟你說了多少次了，在外面說話注意點，嘴別太髒，你什麼都挺好，就是要養養性格……」

兩人聲音漸小，離開洗手間。

時訣稍微定了會神。

頭頂的燈光烤得人渾身焦熱。

他被酒精嗆得迷糊，忽然胃裡一陣翻江倒海，彎下腰，將酒菜一股腦吐了出來。

一直吐到只剩乾嘔。

時訣喘勻氣息，出了廁所隔間，來到洗手檯，漱了漱口。

抬起頭，看見鏡子裡的臉。

本來洗手間燈光就白，加上吐完，又將面頰去了層血色，襯得這雙狹長的眼越發的黑，眼底和嘴唇卻被激得通紅，整張面孔看起來霧濛濛的。

他用涼水冰了手，卡著脖頸降溫。

周圍靜得能聽見清晰的耳鳴。

時訣對著鏡子裡的自己，稍稍轉動下頷，左右晃晃。

驀地笑了出來。

別說，是有點像。

回去的路上，走到一半被喊住。

時訣轉過頭，在吧檯旁邊的吸菸區看到喊他的若依，還有阿京、張捷。以及徐雲妮。

時訣在原地站了三四秒，酒精上頭，太陽穴的神經像被什麼東西挑動著，一跳一跳的。

阿京跟身旁張捷說了幾句話。

若依還在叫他：「時訣，過來啊。」

時訣嘴角意味不明地動了動，他走了過去。

張捷看到他，笑著將菸和打火機遞過去。

時訣也笑著，抽出一根。

「你去點果汁了？」若依問。

「沒有，喝不下了，頭暈。」

「是醉了嗎？可能是喝完酒又跳舞，這樣很容易不舒服的。」

時訣點了菸，甩甩打火機，還給張捷，有些含糊地說：「……可能吧。」

他好像有些累了，倚在桌檯旁，左肩稍沉了點，衣服就落下些，露出一側清晰平直的鎖骨，連著脖頸修長的線條。

若依的視線若有似無掃過時訣的領口，忍不住說：「你這衣服真好看，什麼牌子的？」

「沒牌子，便宜貨。」

「真的假的？看起來很有質感啊。」

「可能不是衣服有質感呢。」

時訣言語輕飄飄的，溫柔又細膩，若依特別喜歡聽他的腔調，順著他的意思問：「那是什麼有質感？」

時訣的視線落在她的臉上，輕聲說：「我唄。」

那聲調，配合著眼神，像虛空勾勾人下巴一樣，若依捂住嘴巴：「哎呀，你誇起自己真不臉紅。」

時訣當然不臉紅，他很耐心地跟她解釋：「妳看啊，有的人穿得再簡單都好看，為什麼呢？因為人好看。有的人穿得再華麗都很醜，為什麼呢？」挑了挑眉，「因為他媽的人醜。」

現場穿的最華麗的人是誰？是阿京。

若依忍不住，「噗」的一聲笑出來，「真損。」

阿京當然聽出他的話外之音，十七八的年紀，容易被點著，他的臉唰一下紅了，咬著牙就衝了過來。

那拳頭都揚起來了，張捷趕緊擋在他身前，拍拍他手臂。

時訣睨了一眼，直起身，淡淡道：「幫我跟崔哥說一聲，我有點喝多了，先走了。哦對了，讓他把林老師聯絡方式給我。」

阿京旁邊聽著，整個人快要炸了一樣。

「好，」若依意猶未盡，試著挽留，「你怎麼走了，這才到哪啊？再待一下吧，或者我們換個地方接著玩？」

「再喝要死了，你們玩，有機會再約。」時訣朝她笑笑，熄了只抽了一半的菸，徑直離去。

他全程沒有跟徐雲妮說一句話，也沒有看徐雲妮一眼。

但他的一切表現，徐雲妮都瞧見了。

阿京緊盯著門口，陰沉著臉說：「別讓我找到機會，我非他媽弄死你……」

徐雲妮瞥了阿京一眼，又看了門口一眼。

要說她為什麼出現在這裡，其實是意外。

他們那邊吃得差不多了，準備結帳，劉老闆要讓他們免單，趙博滿堅決不肯，兩人在屋裡推拉了一陣子，李恩穎讓徐雲妮偷偷去結了。她去前檯結帳，從包廂出來的時候就看見那夥人聚在休息區。她結完帳從前檯拿了塊免費的糖，路過休息區，走過去拆包裝。

就聽見那男生在罵，「……那騷東西怎麼不把領子再扯大點？」

她把包裝紙丟到垃圾桶，那夥人又拉扯了幾句，時訣就出來了。

張捷有點奇怪，說：「他怎麼從洗手間出來的？」

阿京冷笑道：「出就出唄，你怕他剛才在啊？在就在了，他能怎麼樣？」

再然後，她看到了那番攻擊性超強的片段。

酒館外。

夜風並沒有讓時訣的腦子變得清醒，反而他的胃因為一連串的刺激，加上張捷那根焦油量極高的菸，搞得更噁心了。

他盯著街道對面，面無表情，視線也沒有落處。

片刻後，他順著小路往前走，走了半條街，胃裡還是難受，最後實在太暈，找了個牆根背靠著蹲下來，兩手按在額頭上，拇指死死掐著太陽穴。

然後，他的肩膀被碰了一下。

時訣睜眼，視線裡多了一雙運動鞋，配上藏藍色的直筒校服褲。

再往上瞄十公分。

一雙黑漆漆的眼，將他從頭看到腳，再從腳看到頭，最後來了一句——

「班長，是你吧？」

好問題。

「不是。」他回答。

一開口，胃裡一抽，又一陣噁心上來，他皺著眉低下頭。

他情緒不好，徐雲妮心想，聲音比往日涼了很多，不想多說話的樣子。

徐雲妮看看周圍，這不算是主要幹道，但人流量也不低，兩側店鋪林立，光影照耀，有的店放著音樂，配合著路上車輛帶出的呼嘯風聲，是屬於大城市夜晚獨有的喧囂。

時訣聽見腳步聲走遠。

他也想換個地方，但現在腦袋迷糊，路口的汽油味太重，便利商店旁還有人抽菸，加上一呼一吸間濃烈的酒氣，讓他頭昏腦脹。

大概過了三五分鐘，身前又出現聲音。

「……喂？我有點事出來了，已經結完帳了，你們不用等我。」

時訣再次睜開眼。

徐雲妮用耳朵和肩膀夾著手機說話，兩隻手擰著一瓶剛買的水。

「……好，好的，我知道了，放心。」

徐雲妮掛斷電話，同時也擰開了水，遞過來。

她感覺時訣的眼睛比剛才更紅了，額頭和太陽穴的位置，因為手掌的擠壓也泛著紅暈，這麼從下往上一瞄，視覺效果十分驚人。

她說：「剛剛那女生都喊你名字了，班長。」

順利破案的大聰明。

時訣盯著那瓶子看了一陣子，久到讓人懷疑是不是喪失了五感能力，最終還是架不住嘴裡味道太噁心，他把水拿過去。

他先漱了漱口，吐到一邊，然後喝了半瓶。

喝得有點急，有幾滴水從嘴角流出，順著的脖頸滑落進身體裡。

他用手掌在自己下頷一擦，抹掉了水痕。

不知是否因為遠離了校園，又被酒精激發了內在本質，他這形象，看起來比平時衝擊力強多了，就像是白天素然的街道，到了晚上突然亮起絢爛的霓虹，周圍的人走過路過都偷偷往這瞄。

後方甚至有人吹了聲口哨。

徐雲妮轉頭看，是兩個打扮時髦的女生，臉上像開了花似的朝著這邊笑。

徐雲妮再看班長，他朝她們揚了揚下巴。再看看那兩個女生，儼然一副準備應邀的態勢，往這邊來了。

徐雲妮思考三秒，是要月老牽線還是法海附身，最終，她向前半步，把這情意綿綿的通道堵上了。

其中一個女生笑著對她說：「一起來啊。」

可能是徐雲妮的神情過於煞風景了，她們終究沒走過來，直接離去了。

回過頭，時訣後腦枕在牆壁上，靜靜望著她。

蒼白的臉頰，泛紅的眼，有意無意的神色，絲絲入扣。

「妳怎麼在這？」他聲音沙啞地問道。

徐雲妮：「今天我家裡聚餐，正好也在那家店。」

「喲，」他嘴角含著笑，「在這聚餐，妳家挺有實力啊。」

徐雲妮：「班長，請你正經點。」

他笑意消失，淡淡道：「那妳聚餐怎麼聚大街上來了？」

徐雲妮看看自己的落腳地，說：「我剛才看你出來的時候狀態不太對，想看看你需不需要幫忙。」

時訣聞言，眼睛一瞇，帶著醉意考究。

徐雲妮說：「班長，你喝醉了就別在大街上晃了，趕緊回家吧。」

時訣：「妳一路尾隨我？」

徐雲妮頓了頓：「什麼？」

尾隨？

時訣眼尾一挑：「真變態啊，還讓別人正經呢。」

他聲音很輕，神色像是警覺的貓似的。

面對著這位發癲的午夜精靈，徐雲妮靜了一陣子，說：「班長，你還沒從剛才的情景裡抽身嗎？」

「……剛才？」他裝傻道：「剛才怎麼了？」

「我怎麼知道？」徐雲妮上下看看他，「你打扮成這樣在那幹什麼呢？」

「看不出來嗎？」他低頭看看自己，然後摸摸頭髮，聲音和動作都因為醉酒而變得渙散而隨便，「陪酒啊。」

徐雲妮又靜了幾秒，然後問：「那幾個年輕人也是嗎？」

時訣沒說話。

徐雲妮點了點頭，忽然又說：「那你最後跟那個男生起衝突，是因為你行頭沒他貴嫉妒他，還是因為搶客人沒搶過，惱羞成怒了？」

一句話說完，他撥弄頭髮的手停下了。

泛紅的眼神從下往上挑來，甚至染上點凜冽。

「……妳故意的是吧？」他低聲問。

這下輪到徐雲妮不說話了。

時訣撐著牆壁想站起來，突然起身，眼前一陣發黑，耳鳴加劇。

徐雲妮下意識去扶他，時訣撥開她：「別碰我……」

徐雲妮鬆開手，結果他身體失衡，啪唧一下坐回地上，摔得劇痛，五官都皺到了一起。

徐雲妮完全沒料到他已經暈成這樣了，有點無措。

「不是，你讓我別碰我就……」

她說著，忽然感覺自己的視野有點古怪，剛剛蹲著的時候沒有注意，現在他摔得兩腿張開，這腿實在太長了，把她完全含在中間。

原來他們離得這麼近嗎？

徐雲妮的視線不自覺地往旁邊移了點。

時訣還是沒緩過來，發出痛苦的呻吟。

徐雲妮聽了一下，視線慢慢移回，她看著他難受的模樣，最終還是蹲到他面前，再次拉住他的手臂。

時訣還想甩開她，但這次沒成功，徐雲妮抓緊他，架著往上用力，她說：「班長，是我記錯了，剛那男生趁你不在說你壞話，看面相就是個小人，肯定是他先招惹你的。還有他那手錶，仿得是不錯，但我跟你保證絕對是假貨。班長……你怎麼這麼重？」

這攙扶的過程裡，她一直不停地說著話。時訣腦子嗡嗡響，不太聽得清內容，只胡亂覺得是一道平穩的女中音，算得上安神。

徐雲妮努力把他扶起來，讓他靠著牆壁站好。

再三確定他站穩之後，她轉身去路邊叫車。

剛好過來一輛，徐雲妮直接攔下，打開車門，對時訣說：「上車吧。」

司機轉頭，一看時訣那模樣，立刻說：「不載喝醉的。」

徐雲妮不管他，直接把快暈過去的時訣塞進車裡，說：「大哥，幫忙送一下。」

司機不滿道：「真的不行，他一個人更不行！有個好歹的怎麼辦？下去下去！」

徐雲妮：「大哥，幫個忙好嗎？」

司機說：「不行，安全起見，不載醉鬼，快下去！」

徐雲妮也跟著坐了進去，「這樣不是一個人了，走吧。」

司機還是不想走，時訣渾渾噩噩準備下車，徐雲妮一把抓住他的手臂把他按住，她無視司機厭煩的臉色，直接給了他常在麵館的地址，說：「先去這裡。」

車出發了。

這司機可能來了脾氣，開車毛躁，加速刹車都很急，來回晃了幾次，徐雲妮都有點被晃噁心了。

「大哥，開慢點好嗎？」

徐雲妮觀察時訣，他靠在椅子上，雙眼緊閉，臉色發白，眉頭皺著，明顯是不舒服。

她時刻保持警惕，忽見他胸口一抽，趕緊說：「哎！大哥！路邊停一下！」

司機一個急刹車，伴隨著嚴厲話語：「別吐我車上啊！」

時訣本來吐過一次了，但剛才喝了半瓶水，導致又有東西能吐了。

「忍一下！你先忍一下！」徐雲妮趕緊探身過去，把車門拉開，將他上半身送出車外。

時訣又吐了一番。

司機在前座不停抱怨，什麼車裡又有味道，座位又髒了，早說了不拉醉鬼，徐雲妮聽煩了，直接結帳，半路下來。

她從口袋裡掏出衛生紙給時訣，然後又去路邊攔車。

時訣再次清空了胃，好不容易緩過來些。

小路內側有個花壇，他坐在石沿上，擦著手，看著前方路邊的人影。

這條路很靜，人煙稀少，路燈間隔超級遠，她站在樹下，身影疊在濃黑的夜色裡。

濕巾緩緩擦過一根根手指。

是平時穿得有點多？他有點意外的發現，這人的骨架，其實挺纖細的。

徐雲妮回頭的時候，對上了那道直白的視線。

她問他：「班長，你好點了嗎？」

他看著她，淡淡道：「拐我來這想幹什麼啊？」

「……拐你？」徐雲妮無奈道：「班長，請你清醒點吧，還真把我當變態了？」

他吊著眼梢，嘴角噙著諷刺的笑，反問她：「不是嗎？那妳剛才為什麼壓在我身上？都往哪摸呢？」

徐雲妮一頓：「我什麼時候你身上了？」

他不說話了。

徐雲妮突然反應過來，剛才在車上，她怕他吐車裡，探身過去幫他開門，確實算壓在他身上了。

摸到哪了嗎？

「不是，那是你當時……」徐雲妮指著剛才計程車開走的方向，幫他糾正記憶，「是你要吐，你還記得嗎？我怕你吐車上，我過去幫你開門，我可能不小心碰到你了，但我絕對不是故意的，你怎麼會這麼想？」

她剛說一半，時訣就把頭轉到另一邊了，迷迷茫茫的，好像被花壇裡的繡球花吸引了注意。

「你……」

無言到家。

徐雲妮呼出一口氣，接著去路邊叫車。

就在她轉過身的三五秒後，時訣笑出來了。他覺得很搞笑似的，低頭看著手中的濕巾，差點笑出聲。他笑著笑著，忽然感覺到什麼，眼神往前方挑起。

她站在黑暗中，偏過頭，也許是在看來車的方向，也許是……

時訣稍稍含住嘴唇，眼神一點一點往旁側勾去。

什麼時候轉過來的？

……看到了嗎？

身邊是蓬勃飽脹的繡球花，碎碎的花瓣，粉紫相交，有整有殘。

看到也沒什麼吧。

他醉醺醺地想著，緩慢長吸一口氣，兩手移到身後，撐著身體，仰頭看天。

蒼白冰冷的面孔，對著天邊同樣蒼白冰冷的星月，遙相凝望，相對無言。

不多時，徐雲妮又攔了一輛車。

重新出發。

這次的司機開車平穩，話也不多，安安靜靜。

後座上，兩人一個坐左邊，一個坐右邊。

時訣連吐了幾次，雖然還是很難受，但胃裡比之前好一些了，頭也沒有那麼暈了。

小小的空間裡，充斥著酒精和香水，還有淡淡的酸腐味。

剛才情況混亂，感受還不深，現在穩定下來了，氣味越發明顯。徐雲妮不懂香水，也從來沒用過。她感覺時訣剛進來的時候，是一股木質味，後來久了，味道緩和了，就變成了帶著脂粉氣的花香，這種香味被酒氣混合，又泛著些微的苦。

很複雜。

車行駛在夜間的小路上。

安靜許久，徐雲妮忽然想起什麼，轉過頭來。

時訣頭枕在椅背上，正閉目養神。

這人平日看起來瘦，完全得益於比例、膚色，和一張小臉。現在離得近了，體格真的很大一隻，這樣坐著，大腿的褲子繃得緊，還能看出隆起的肌肉。剛才攙他起來，也是重得要死，重量都藏在身上。他可能是嫌熱，袖子擼到手肘，露出一雙冰白的小臂，修長結實，一絲贅肉都沒有。

她正看著，時訣開口問：「總盯著我幹什麼？」

開天眼了，閉著眼睛都知道有人在看他。

徐雲妮說：「剛剛忘了跟你說了，你最後在店裡那些話可能讓那個男生不高興了，他說有機會要弄死你。」

時訣：「那妳要救我嗎？」

外面超過一輛車，嗡嗡的引擎轟鳴而過。

他偏過頭看她。

徐雲妮始終覺得，時班長長得最好的就是這副眉眼，偏細的眉，又那麼的黑，眼瞼瞳孔，清晰分明，戲謔時看不太出來，一旦平靜下來，總像有好多話在說。

見她不回答，他隨口道：「真無情，那就讓他弄死我吧。」

猜不透的腦迴路。

徐雲妮說：「不是，你們搞藝術的人都這麼有性格嗎？」

時訣淡淡道：「『你們』？」

徐雲妮細數：「你、丁可萌，還有王泰林，我感覺你們……」

她剛說一半，他就動了。

與其說靠過來，不如說是滑過來，後背擦著座椅，發出簌簌聲。

是錯覺嗎？他的頭髮似乎碰到她的肩膀。

他問：「在妳這，我跟他們是放一起比的？」

不知為何，此情此景下，徐雲妮的耳邊忽然響起了丁可萌的魔音——「妳看他那樣，一臉薄情相，天生花花公子聖體，那方面很不當回事的啦！」

徐雲妮的餘光裡，見他半匿於髮間的耳垂，銀色的釘、銀色的環，在幽暗的車內，隨著司機轉彎，稍微顫了顫，反出一瞬冷光。

徐雲妮抬起手，把這已經要倒到她身上的人推回原位，看著窗外，說：「不，他們跟班長你比不了。」不管從哪方面來講。

車上再度安靜下來。

不知過了多久，徐雲妮聽到手機震動的聲音，大概兩三聲，她看過去。濃黃的路燈照著樹杈的影子，一條條掠過時訣的臉龐。

他居然就那麼抱著手臂歪著腦袋睡著了。

手機掉在座位上。

徐雲妮叫他一聲，沒動靜。

徐雲妮想推他，手都伸出去了，看他垂頭沉睡的樣子，又停下了。最後，她把他的手機拿出來，上面來電顯示「崔哥」。

徐雲妮接通電話。

對面上來劈頭蓋臉一番發言，『你怎麼搞一半就跑了呢？林妍還找你呢，我說你實在難受先走了。哎對了，你先別回家啊，我還有事跟你說。』

徐雲妮說：「你好。」

那邊靜了幾秒，然後疑惑道：『……妳誰啊？這不是時訣電話嗎？』

「是，他睡著了。」

『……什麼？』

「是這樣的，」徐雲妮簡單介紹了情況，「我是他同學，剛才在外面碰到他，我們搭一輛車走。他喝多了，在車上睡著了。」

『……同學？搭車？』對面好像也喝了不少，遲鈍又疑惑，『那他說他要去哪？』

「回家。」

『妳幫我把他喊醒。』剛說完，又改了主意，『哎，算了，讓他休息一下吧，我給妳個地址，麻煩妳幫我把人送去那。』

掛斷電話，徐雲妮對司機說：「大哥，不好意思，我換個地方。」

最終，車停在SD門口。

時訣仍在睡，頭垂下來，頭髮也垂下幾絲，嘴巴微微張著。

這麼看著，少了幾分清醒時的鋒芒。

徐雲妮看了片刻，低聲對司機說：「大哥，這樣，我多給點車費，您等他醒了再走，我預估不用多久，您看可以嗎？」

這司機比上一個好說話多了，說：「好。」

「太謝謝您了。」徐雲妮付了錢，下車。

她已經盡可能小聲關門了，但那聲音還是讓時訣肩膀震了一下，迷迷濛濛睜開眼。

司機剛準備玩一下手機，就瞧見時訣在後座撐著坐起來了。

「這麼快就醒了。」

時訣睡出了深深的雙眼皮，眼底發紅，緊皺眉頭，看了看窗外，好像還沒搞清狀況。

司機說：「剛才你睡著了，你同學幫你接了個電話，把你送到這來。」

時訣拿來手機，看到崔浩的來電記錄。

司機還挺誠實，又說：「你同學說讓我在這等你一下，她多付了車費，結果剛走你就醒了，怎麼說，我還回去？」

時訣回頭，瞇起眼，在人流湧動的路口，他一眼就看到了那道穿著校服的筆直背影，他聲音發啞地說：「……不用了，我還吧。」

開門下車。

徐雲妮在路口攔了一輛計程車，剛上去，還沒來得及說地方，外面有人敲了兩下玻璃。

徐雲妮按下車窗，時訣彎下腰，在窗前看著她。

徐雲妮：「你醒了？剛才有一個叫崔——」

「我知道。」時訣打斷她。

車流、行人，和秋夜的風，交織在一起。

徐雲妮看著他，說：「班長，你好點了嗎？」

時訣聽她的話，嘴角一扯。

徐雲妮發現他臉頰上有一顆小痣，平行於他左邊嘴角兩三公分的地方，嘴角一動，就會跟著動一下。

他這算是笑嗎？徐雲妮搞不懂，說是笑，嘴角弧度其實是向下的，說不是笑，以徐雲妮目前的閱歷，又不太好解釋。

他離得很近，眉眼、輪廓，越發清晰，皮膚在路燈的照耀下，呈現暖白瓷器般的質感。

徐雲妮覺得，當下的一切忽然之間有點奇怪，包括畫面、氣味，還有街道上那些細細碎碎的背景音。

環境之中有種輕微的眩暈，大概是酒精作祟。

時訣看了看旁側馬路，又轉回頭來。他稍抬起下巴：「加個聯絡方式吧。」

徐雲妮拿出了手機。

兩人添加了好友。

時訣收了手機，轉身走了。

徐雲妮看著他的背影，忽然叫他：「班長。」

時訣回頭。

徐雲妮說：「下次別去了吧，你媽媽知道會不高興的。」

時訣看著她，沒說話。

徐雲妮又想起王泰林那件事，想著要不要趁這個機會一併跟他說清楚。

剛要開口，忽然一陣輕風過。

他打過髮蠟的頭髮經過一夜的折騰，已經鬆散了，有幾縷髮絲垂在額前。人行道兩旁開了許多小店，亮著各種顏色的燈牌，藍色的、綠色的、紅色的……霓虹燈影照在他的身上，為那張臉添加了縷縷色彩。

但也許是因為他太疲憊了，明明人是精緻的，景也是絢爛的，兩廂疊加在一起，卻給人一種寂然的錯覺。

徐雲妮頓了一下。

反而時訣開了口。

「管的真多，」他懶懶道：「要不然班長換妳當？」

徐雲妮：「可以嗎？」

時訣眉頭微緊：「啊？」

徐雲妮「呵」了一聲，前座司機催促：「要走了，後面來車了。」

徐雲妮關上車窗：「好，走吧。」

第六章　Silent Dancing

過了尖峰時段，車行駛起來比剛剛順暢許多。

路口轉了個彎，後視鏡裡時訣的身影就不見了。

徐雲妮拿起手機看，剛剛添加的好友，名字是「SD舞蹈工作室時訣」。

有點長，她把他備註成班長，然後點開他的動態。

有點出乎預料，時訣的動態相當豐富，有一些活動內容，還有風景、街道，以及各種小東西的照片。他照過便利商店的優酪乳和泡麵、路邊石岩上的碎沙礫，還有樹叢裡乾枯的草尖。他好像很擅於觀察，也很隨性，碰到什麼就照什麼，包羅萬象。

在沒什麼藝術細胞的徐雲妮眼裡，這些照片都很好看，不複雜，沒有什麼特別的濾鏡，都是最日常的元素，但就是很耐看。她覺得丁可萌的照片也好看，但他們風格不一樣，丁可萌是專門拍人，時訣則完全不拍人，即使拍到了人，大多也只是景物的陪襯，自然之餘，多少有點冷感。

除了照片，剩下大部分都是音樂片段，標記著一串串複雜的序號，以及一些小朋友的舞蹈影片。

影片下方有定位，正是剛剛計程車停下的位置，叫 Silent Dancing。

徐雲妮試著用APP搜了一下，這是一家舞蹈培訓機構，點開店鋪評價，一則最新評論裡有人說：『帶孩子來試課，老師非常專業，很有耐心，孩子特別喜歡。另外，少兒班的老師真的太太太太太帥了！長了一張能讓人忘記煩惱的臉！實力超強！拿過好多獎！聽說還是個學生呢！』

下面有一張圖片，徐雲妮點開，並沒有看到那張所謂「能讓人忘記煩惱的臉」。照片拍的是背影，一個人跟一堆小學員在一起，他穿著黑色的衣服，抱著手臂，倚在鏡子旁。

雖然是背影，但他的身材太容易辨認了。

小學員對著他笑，照片裡看不到他的臉，但徐雲妮猜想，他應該是笑的。

不知看了多久，眼睛都有點酸了，徐雲妮放下手機，靠在車椅上休息。

已經很晚了，SD大門已關。

時訣從一旁的小巷子裡繞到側門進入。

舞社人差不多都走光了，為了省電，教室的燈都關了，長長的走廊只開了一盞壁燈，又靜又暗。

他直接上了樓。

二樓練習室沒有鎖門。

時訣進屋打開燈，手機連上藍牙，倒在角落的小沙發上，又躺了一下。

音響裡隨機播放了一首純音樂，密集的音符順著月光流淌下來，時訣半睡半醒，翻了個身，正好看見沙發旁的地上放著的空水瓶。

……他把這東西拿回來了？

他都記不住了。

時訣伸手，把空瓶子拿過來，隨便轉了轉，轉到了商標正面。

他一頓，緩緩坐了起來。

可能剛剛處於迷醉之中，也可能是口感喝起來太過日常，所以他直到現在才注意到。

這是一瓶無糖的茉莉烏龍茶。

他的視線停在那個商標上，停了一陣子，最後頭偏開，同時口中「哈」了一聲。經過一路的休息，他的狀態回來了一些，使得這一聲聽起來比一晚的沙啞清澈許多。

他把瓶子放身旁，倒回沙發，換了個更舒服點的姿勢，兩條長腿一腿踩在沙發上，一腿大剌剌地落在下面。

他拿出手機，點開徐雲妮空無一物的動態。

剛加上時看了一眼，什麼都沒有，背景圖是一張純黑的圖片，名字用本名，一眼到頭。

跟她本人的風格很像。

頭貼倒是挺好玩，是五個女兵的版畫圖案，配著一串字母。

徐雲妮剛剛踏入社區，往家走著，手機震了一下。

是時訣傳來的訊息：『搭車多少錢？』

徐雲妮回覆：『不用了。』

時訣：『？』

徐雲妮停住腳步，想了想，然後劈里啪啦回覆了一長串。

『剛才有件事我沒來得及說，王泰林都告訴我了，你之前出面幫我忙，我一直想找個機會謝謝你。還有丁可萌在麵館的時候，和在學校樓梯那次，我都沒弄清楚就說你了，不好意思。』

靜了一下，他回覆。

『妳搭車到這有三十塊錢嗎？辦這麼多事？』

『有，三十二，我付了四十。』

傳完這則，徐雲妮站在原地沒動，等著訊息。她閒來無事，看看周圍的植物，以及草坪上的卡通燈，燈裡面不知怎麼飛進了一隻蟲子，在裡面繞來繞去。

手機震動，她以為是轉帳，沒想到他問了一句——

『妳的道歉加感謝綁一起就值四十啊？』

徐雲妮頓了頓，看著這句話，思索片刻，回覆。

『那我再請你吃頓飯？』

『就這麼喜歡請客吃飯？』

徐雲妮頭歪了歪。

那你到底要怎樣？

她其實沒太搞明白，明明是他提要付車錢，最後竟然繞到她要請客吃飯的地步。

她拿起手機，剛要打字，他又傳來一則。

『行吧，吃唄。』

徐雲妮甚至能在腦海裡模擬出時班長打出這句話時風涼的眼梢。

她把輸入欄裡的字都刪掉了。

定好了吃飯，話題就結束了。

SD的舞房內。

時訣躺在沙發上，閉眼瞇了一下。

頭還是疼，應該是供血不足，疼痛從後脖頸開始，蔓延整個腦袋。

音響裡放著低沉舒緩的曲子，一首義大利革新音樂領域的出色作品，古典音樂出身的作者，同時也深受電子音樂的影響，自由的創作風格，非常注重旋律的表達。

在提琴聲快要將他哄睡著的時候，練習室的門開了。

崔浩回來了。

崔浩看起來心情很不錯，雖然累，但周身泛著興奮。他的酒量比時訣強很多，但他是容易臉紅的體質，酒氣衝得臉和四肢都泛了紅，眼睛血絲密布。

時訣緩緩坐起來，關了音響。

崔浩走到窗邊，打開一半窗子，點了根菸，對外面抽了幾口。

「你怎麼一半就走了？」崔浩側過身子，看著沙發上晃脖子的時訣，「林妍還問你呢，我說你實在不舒服。現在怎麼樣？」

「……好多了。」

「喝猛了吧？」

「有點，」時訣低聲說：「林妍真能喝啊，這輩子沒吐成這樣過。」

「你吐啦？林妍肯定能喝啊，那什麼選手，我都不一定能喝過她。」

崔浩倚在窗框上，把菸遞出去彈彈灰，「剛才有個女生接電話，你碰到你同學了？」

時訣揉了揉臉，「嗯」了一聲。

崔浩抽口菸，瞇著眼看他，問：「你怎麼還跟人共乘呢？」

時訣：「省錢。」

崔浩嗤了一聲，說：「行。」他也不過多糾結這個，又吸了口菸，指指他，「還得是你，今天多虧有你。」

時訣不甚在意地「嗯」了一聲。

崔浩說：「真的。」

也許是喝了酒的緣故，崔浩的聲音聽起來比往日誠懇不少。

「我知道雯子他們私下都怎麼說的，你能幫我，哥謝你了。」

「差不多得了。」時訣轉過頭看他，「你跟他們都商量完了？」

「基本定了。」

「那就行，」時訣又問，「那你叫我回來幹嘛？」

「嘿，是好事，你沒注意手機吧，」崔浩示意他，「你先看看。」

時訣把手機拿過來，大概十分鐘前，進來一則簡訊，是銀行傳來的。

他看看收入的數字，又回頭看崔浩。

崔浩笑了：「什麼表情，正經錢！這是他們經理幫那兩個小崽子交的學費，還有林妍的訂金，她想先找你試個demo。」

訂金尚能理解。

「學費？」

「嗯，樂陽要送那兩個小孩來培訓，正好我準備開個集訓班，你來負責。」

「……什麼？」

「店裡一分錢不抽，全是你的，怎麼樣？哥夠意思嗎？」

時訣看著崔浩，說：「你真的喝多了，我還要上學呢。」

「安排在晚上，不耽誤你上學，你原來的課我安排給別人。」崔浩指著他，「你學校的畢業生都削尖了腦袋要往樂陽進，你別本末倒置啊。」

時訣翻了個無言的白眼。

崔浩看他的神態，問：「怎麼了？」

時訣問：「能推了嗎？」

崔浩：「說什麼呢？這麼好的事幹嘛要推？」

時訣輕描淡寫：「不想教。」

崔浩皺眉：「你是不是酒還沒醒？」

時訣：「沒，就是不想教。」

時訣很少這麼明確回絕工作，尤其還是錢這麼多的工作。崔浩一手叉著腰，一手伸至窗外又彈了彈菸，菸灰隨風飄落。

屋裡只開了三分之一的燈光，照著時訣的眉眼，疲倦之下，平日的隨和也懶得維持了，只剩絲絲冷淡。

崔浩不自覺地嘆了口氣，說：「實話跟你說吧，樂陽想要簽你，開了特別好的條件，我都推了，就是因為你不鬆口。我跟他們說你要考大學念書。但我也不能把話堵太死吧？萬一你哪天又有需要了呢？所以他們一說集訓的事我立刻就答應了。你跟我開店這麼多年，知道這行不好幹，多少冠軍賺得還沒有網紅多？你不管做臺前幕後，都要有管道吧，你是有本事，但機會不等人啊。」

時訣低頭，久久看著地面，也不知有沒有聽進去。

崔浩說：「我知道你答應你媽肯定念大學，但是——」

「哎……」剛開了個頭，被時訣不耐煩打斷，「跟那沒關係。」

崔浩：「那什麼原因啊？嫌累啊？」

崔浩一臉困惑，菸都不抽了，直勾勾抻著脖子討結果。

崔浩地下battle舞者出身，性格裡自帶氣勢，很多人見了都怕。可瞭解深了，真就應了林妍那句話——有時候腦子確實不太靈。

一股勁上來，磨磨蹭蹭，沒完沒了。

時訣掐掐自己的鼻梁，崔浩接著勸他：「時間不長，你辛苦一下，賺了錢，下次就不用跟人共乘了。」

時訣突然笑出來了。

崔浩看他這樣子，感覺有戲，抓緊說：「那就這麼定了啊！大概六七個人左右，樂陽那邊時間趕，兩個小孩已經安排在飯店住下了，你準備一下，我們儘快開班。」

崔浩又說了幾句就走了。

半盒菸遺落在窗邊。

時訣起身走過去，摸了一根出來，靠在窗臺邊抽。

他的頭抵在窗戶邊框上，把臉稍微往外偏了偏，似乎想讓風吹拂的面積更大一些。

夜晚的商業街，空氣肯定算不上乾淨，多少帶著點城市裡的腐敗氣味。

但至少，聞起來比他現在清新點。

一根菸抽完，他關窗，關燈，鎖門離去。

第二天，時訣沒來上學，說是有事請假了。

往後的兩天，徐雲妮都沒有見到他。

第三天，主任衝進教室找他，未果，「還沒來啊？」

吳航問道：「主任，有什麼急事嗎？」

主任說：「月底有個奮進新征程主題匯演，學校準備錄個合唱，要跟他說一下，人呢？」

吳航說：「他請假了，他最近忙得要死，根本見不著人，你要是著急就打電話給他吧，不過也不可能接。」

主任說：「行吧！」

吳航毛遂自薦，笑著說：「主任，別總用他了，說不定長官們都看膩了，主任你看我行嗎？」

「你肯定行啊！你也要來！」主任對全班說道：「那個，大家靜一下啊，等等我來選人，我們老規矩啊，班裡一六五以上的女生和一七五以上的男生都準備一下！」

正是下課時間，徐雲妮在教室前方的飲水機裝熱水，她聽到主任的發言，握著水瓶轉過頭。

主任說完，匆忙離去。

徐雲妮就這麼扭著頭回了座，還是有點不確定，吳航看見，說：「不用想了，妳肯定要去。」

徐雲妮說：「我不會唱歌。」

吳航說：「無所謂，妳對嘴型就行，有會唱的帶著，後製都能調，主要是隊伍要好看。」他說著，大手一揮，「一水漂亮的大高個！我們校長就喜歡這種豔壓群芳的感覺。」

徐雲妮轉學過來有一陣子了，同學之間漸漸有來往，有這進展王泰林功不可沒，自從與他解除了誤會，並且多次約飯後，徐雲妮在華都的社交順暢多了。

「誰帶著？」她想起剛才主任急著找人的樣子，「班長嗎？」

「聲樂組的，我們學校會唱歌的有一堆呢，時訣還要再往前拉，鏡頭對著臉，他要演奏。」

「他還會演奏？」

「妳這話問的，他本身就是學音樂的啊，樂器很強的，光有弦的他就會四五種。」

其實徐雲妮有點好奇有弦的樂器都有什麼，最後忍住了沒出口，感覺一問下去要沒完沒了，就說：「我還以為他是學跳舞的。」

「不是啦，」吳航說：「他的專業是音樂，舞蹈是他自己喜歡。」

不管是音樂還是舞蹈，徐雲妮都一竅不通，在這方面她可能天生少根筋，小時候李恩穎想要培養她的藝術審美，時不時會帶她去薰陶薰陶，看看表演。後來有一次跨年音樂會上，徐雲妮在華麗的演出廳裡睡得昏天黑地，口水直流，李恩穎嫌丟臉，半路就把她帶走了。

從劇場出來，李恩穎斷定徐雲妮這輩子與藝術無緣。

時訣短暫失聯了。

一直到週五放學，他都沒有任何消息，跟人間蒸發了一樣。

他之前跟徐雲妮定吃飯時間的時候，因為他中午要去幫吳月祁忙，晚上又經常被崔浩叫去代課，很不穩定，所以乾脆直接約了週末晚上吃飯。

週六下午，徐雲妮試著傳訊息給他，沒回，然後她打了個語音給他，沒接。

怎麼說？還吃嗎？

參考吳航的發言，徐雲妮坐在書桌前想了一下，起身換衣服。

樓下，保姆張阿姨正在準備做飯，今天李恩穎和趙博滿都有事不在家，趙明櫟正在客廳拆他剛訂回來的遊戲機。徐雲妮對張阿姨說：「阿姨，晚飯不用煮我的份，我等下出去吃，已經跟我媽說過了。」

然後輕裝上陣，只帶了一支手機就出門了。

徐雲妮先來到常在麵館。

正是吃飯時間，不大的店面差不多坐滿了。徐雲妮直接走到最裡面的廚房門口，吳月祁餘光看到有人來了，低著頭接著幹活，說：「在座位上掃碼點餐就行。」

「阿姨。」徐雲妮說。

吳月祁一頓，抬起頭，愣了愣，「是妳。」

徐雲妮問：「時訣在嗎？」

「時訣？不在啊，」吳月祁沒搞清狀況，「妳找他？」

徐雲妮說：「對，我們約了今天吃飯，但我聯絡不上他了。」

「……吃飯？你們約了吃飯？」吳月祁越聽越茫然，她與徐雲妮對視片刻，忽然回神，「……啊，吃飯，他現在應該在他哥那邊，他這兩天都住那。」吳月祁放下手裡的事，洗了手，去旁邊拿手機，「妳等一下，我來打個電話。」她撥通號碼，也是半天沒人接聽，「哎這孩子，怎麼不接電話呢……」

「阿姨妳別急，」徐雲妮說：「我知道舞社在哪，我去一趟好了。」

吳月祁抱歉地說：「他一忙起來就這樣，誰也不理，我想應該是忘了，真不好意思。」

徐雲妮：「不要緊，您先忙。」

徐雲妮離開麵館，搭車去了ＳＤ。

ＳＤ在本市商業區，道路繁華擁堵，最後一公里車塞得跟要爆炸的香腸一樣，徐雲妮提前下車，順著導航找路。

她在找到ＳＤ之前，遇到點小小的意外。

她本想繞個近路，轉進小巷，但這一片住宅區建得早，中間的小路錯綜複雜，徐雲妮按照地圖的大概方向，在小巷間穿來穿去。道路兩邊堆滿了雜物，也沒有路燈，昏暗異常。徐雲妮走著走著，手機震動，她拿起一看，是時訣回了訊息。

『剛才沒看手機，我忘了今天週六了，我在上課。』

夠忙的。

他很快又傳來，『我大概還有四十分鐘結束，或者改明天？』

徐雲妮回覆他：『你先上課，結束再說吧。』

傳訊息期間，旁邊有人在說話。

「……到底來不來啊？」

「我問了，說馬上，那人上課中間通常會來這邊抽根菸，再等等。」

「等半天了。」

小巷兩邊有幾道門，是臨街店鋪的後門，三個年輕人在那邊抽菸邊說話。徐雲妮以為他們是店裡出來休息的店員，也沒在意。

她想起剛剛路過的便利商店，準備去那小坐一下。

這時，一個人忽然說：「來了！往旁邊站，手腳俐落點。」

徐雲妮已經回身往外走了，聽見後面有人跑了幾步，似有拉扯聲。

她回頭看了一眼。

巷口是逆光，有些距離，徐雲妮遠遠瞧見那三個人朝著巷口的一個人衝了過去。

「……」

徐雲妮眉頭一皺，立刻拿出手機，一邊往那邊趕，一邊把畫面錄下來。雖然光線暗，但架不住手機品質不錯，透過鏡頭放大加補光，畫面拍得還算清楚。

結果這麼一放大，她忽然看到其中一個人的身影。

她腳下一停，不敢相信一樣把畫面再拉大點。

短短一秒的停頓後，她直接衝過去，口中喊道：「哎！你們幹什麼呢！」

那三個人眨眼之間已經被放倒了一個，被推開了一個，還有一個正在糾纏，這三位出師不利已經有點慌了，又意識到自己被目擊者發現了，掙扎著起來就要往巷外跑。

「站住！」徐雲妮加速追凶，在她快衝到巷子口的瞬間，忽然被人抓住了手腕。

這一個急刹可不得了，徐雲妮肩膀一震，以手腕為圓心，臂長為半徑，大繞九十度——

她眼瞧著要跟烀餅一樣直接拍牆上了，那人向外用力，往回一收，另一隻手扣在她手臂上，扶得很牢靠。

「慢點啊。」他說著話，聲音環繞在上方。

徐雲妮費力站好，轉頭再看，那三個人已經跑遠了。

她還想追，但是動彈不得，才發現自己還被人拽著，掌力焊得跟鉗子似的。

「人都跑了！」她說。

「跑就跑唄，妳別激動。」

看她穩定下來，時訣鬆開手。

徐雲妮：「怎麼回事？」她質問道：「出什麼事了？他們是誰？他們為什麼要打你？」

時訣沒有忘記來這的最初目的，掏出一根菸放到嘴裡，點火。

他透著薄薄的煙雲打量著她。

徐雲妮嗅到菸草的味道，麻痹了神經一樣，一瞬間幾乎讓她忘記了這裡剛剛經歷了一場暴力事件。

夜風輕悠吹拂著。

時訣往巷子裡看看，還是不太理解。

「妳從哪來的？妳怎麼總喜歡從稀奇古怪的地方冒出來呢？」

徐雲妮解釋說：「我從裡面過來的，外面塞車，我就下來走了。哦對了，你等等，」她用手機傳影片，「我拍下來了，傳給你了，你看一下。」

時訣手機震動，拿起來看。

徐雲妮傳來的影片不長，只有五六秒，他看了好幾遍。

徐雲妮說：「我可以當證人，我們現在去報警。」

他沒回答，反覆觀看影片。

徐雲妮又問：「你受傷了嗎？他們打到你了嗎？」

「沒注意，」他淡淡道：「妳檢查一下？」

還能開玩笑，看來是沒大事。

現在漸漸冷靜下來了，徐雲妮回憶起剛才在巷子裡聽到的話，說：「我從裡面過來的時候就看見他們了，他們是特地在那蹲你的，是有預謀的，說在等消息。」徐雲妮仔細分析著，「有人知道你要出來抽菸，還知道時間和位置，會不會這人就在店——」

「刪了。」她沒說完，時訣就打斷了她。

徐雲妮一頓，「什麼？」

「妳錄的影片，刪了。」

「刪了？」徐雲妮沒反應過來，「為什麼刪了？」

「把我拍得太醜了。」

人生就是偶爾會出現一些神奇的時刻，讓你的思考從地球上抽離出去。

「不是……」徐雲妮想詞想半天，皺著眉頭，憋出一聲，「什麼？」

她陷入了短暫的自我懷疑，是她腦漿還沒搖均勻？

他仍靠在那，安靜抽菸。

破損的磚塊，發霉的牆角，都保留著舊時的痕跡。

徐雲妮後知後覺發現，這人跟上一次見面相比，明顯瘦了，嗓音有些沙啞，流露著疲憊的氣息。短短幾天沒見，他至少掉了兩三公斤，下頜與脖頸的線條更清楚了，人也更鋒利了。他背靠著暗色的磚塊，裸露的皮膚像傾瀉的水銀，對比更加強烈了。

徐雲妮：「這是證據，跟美醜沒關係吧？」

時訣眼睛翻到一旁，一副跟她溝通不了的樣子。

徐雲妮無奈，拿出手機檢查影片，並試圖代入班長的邏輯。

可能美人就是跟普通人不一樣，真的有包袱呢。

在她看手機的時候，時訣的視線又移了回來，看著徐雲妮的眉峰向內靠攏了嚴肅的角度，嘴唇抿成一道細細的線，嘴角稍微下沉，不自覺地壓出兩道淺淺唇窩。

最後，她抬頭，鄭重提議說：「這樣，我找人把你的臉馬賽克一下，你看行嗎？」

時訣叼著菸，「嗤」的一聲笑出來，他不小心被煙嗆到，咳了幾聲，饒是如此，還是沒止住笑意，短促的聲音連成一串，彎彎的笑眼在煙霧和細碎的聲音間，偶爾與她對視上。

像在拍電影似的。

徐雲妮看著眼前的畫面，心想，這取景，這造型，這當之無愧的男主角。

那她呢？徐雲妮進一步地想著，她是什麼人呢？應該不是劇組人員吧，因為她完全不知道臺詞和接下來的劇情走向。

撲朔迷離。

時訣笑夠了，再次對她說：「刪了吧。」

聽著他平淡的語氣，電光火石間，徐雲妮想到了另外一種可能性，問道：「你是不想追究嗎？」

他揣著明白裝糊塗，反問道：「追究什麼？」

那就是不想追究了。

為什麼呢？徐雲妮心想，平時在學校裡尾巴恨不得翹到天上去，怎麼看都不像是會忍氣吞聲的人。

徐雲妮不太理解，但他態度堅決，她最終還是把原影片刪掉了。

時訣的菸已經抽完一半，問她：「妳怎麼找來這了？」

徐雲妮說：「不是說週末吃飯嗎？我聯絡不上你，去你家的店找你，你媽說你在這邊，我就過來了。」

時訣點點頭。

節奏好像又緩了下來。

時訣悠閒地打量著她。

徐雲妮穿著一件普通的T恤，外搭一整套深色的運動服，腳下是旅遊鞋，她外套半拉開，袖子也擼上去些，服飾是沒什麼看頭的，就像是晚上吃完飯準備去花園散步的住戶。

不過……

脫下臃腫的校服後，薄薄的骨骼，細長的手臂，因為常年右側發力而形成的輕微的高低肩……許多細節都露了出來。

一縷煙從他鼻腔中輕輕噴出。

他視線再往下落，看著她的手。

「沒事吧？」他示意道。

徐雲妮抬起手臂，才發現剛剛被他抓過的地方留下淡淡的紅印。「沒事。」她說著，腦海中回憶起剛被抓住的瞬間，身體差點就抻斷了。

她瞄了瞄他的手臂、手腕，和修長的指節。

「怎麼了？」時訣問。

「沒怎麼，班長，你力氣夠大的。」

「不然呢？」時訣有點好笑似的，「這也值得驚訝嗎？」

「因為你看起來還挺瘦的。」

「我瘦？」他頓了頓，把菸含在口中，右手從T恤下方伸入，手掌順著身體一直緩慢摸到胸口，自己低頭看看矯勁緊致的身體，「有嗎？」

沒有，說了只是「看起來」。

太自然了。

徐雲妮明知道這人是故意的，但還是太自然了。

自然到讓人覺得說點上綱上線的話，都像在掃興一樣。

所以徐雲妮沒開口，僅僅是看著眼前的畫面。

他的聲音、形象，都融在這亂糟糟的小巷裡。

也刻印在那個並不存在的影帶中。

晚風輕輕吹著。

一個念頭輕輕飄過腦海……

世上怎麼會有這樣的人？

時訣最後抽了兩口菸，在身後牆壁上隨手一撚，說：「我要上課了，妳來店裡等吧，」又囑咐她，「剛才的事不要說。」

徐雲妮：「說了會怎樣？」

「嘖，」他瞥來一眼，「聽話。」

時訣帶著她進了SD。

門口前檯裡，魏芊雯和崔浩正在激烈爭論著什麼，有人進來，他們統一噤聲，視線轉來，然後就沒再轉回去。

他們看著時訣領著一個女生進店，然後對她說了句：「來這邊。」帶她穿過走廊，去往休息區。

他們的眼珠從右往左，配合著脖子，一直轉到轉不動了為止。

崔浩問魏芊雯：「誰啊？妳認識嗎？是我們這的嗎？」

魏芊雯：「不是吧，沒見過啊，是不是時訣拉來的會員？」

說話期間，時訣又回來了，他進了前檯，打開售水機的門。

魏芊雯問：「那是誰啊？」

時訣：「同學。」他拿了瓶礦泉水，關上門，沒有擰開，看樣子是想送去。

魏芊雯：「又是追你追到這來的？」

時訣：「不是，普通同學。」他要往外走，崔浩攔住他，忽然問了句：「搭車那個？」

時訣笑了笑。

崔浩把水拿過來，說：「你已經有點晚了，快去上課吧，一堆人等著呢。水給我，我幫你送。」

時訣把水給他，隨手抓了頂帽子扣頭上，直接往大教室去了。

崔浩拿著礦泉水來到休息區，看見那個女生坐在沙發上，正在觀察店鋪裝潢，旁邊崔瑤在收拾桌子，擦到她附近，她還站起來想幫忙。

不知為何，從時訣帶她進門，崔浩看見她的第一眼，就覺得她是那晚接電話的人。

徐雲妮的面前多了一瓶水，她轉頭，一個三十來歲的男人站在身旁，濃眉、單眼皮，眉心紋略深，單看面相有點凶。

他對她說：「時訣給妳的。」

崔瑤轉頭看了一眼。

徐雲妮拿過水，說：「謝謝。」

沒錯，這聲音，崔浩還記得。

「我對妳有印象，」崔浩坐到旁邊的沙發上，跟徐雲妮聊了起來，「是不是有一天晚上，妳替時訣接了電話？」

「對，」徐雲妮也想起來了，「你是『崔哥』？」

崔浩微微一詫：「對，我叫崔浩，是他哥。」他瞧見崔瑤直愣愣看著這邊，又介紹說：「這是他妹，瑤瑤。」

徐雲妮朝崔瑤點點頭，然後自我介紹：「我叫徐雲妮，是時訣同學。」

「我知道，」崔浩說：「那天謝謝妳幫忙了，把他送過來，要不然他喝多了我還有點擔心呢。」

崔瑤聽見，小聲問：「……他什麼時候喝多了？」

崔浩：「沒妳的事，小孩別打聽。」

崔瑤嘟著嘴巴，不太高興的樣子。

徐雲妮看看這二人，問道：「你們三個是親兄妹嗎？」

崔浩摸摸臉：「妳看我跟時訣長得像嗎？」

徐雲妮沉默兩秒，說：「挺像的。」

崔浩一拍腿，哈哈大笑。

這時候，外面結伴來了幾名學員，聽見崔浩笑，問道：「崔老師，什麼事啊高興成這樣？」

崔浩回頭對他們說：「終於有人發現我跟時訣長得差不多了。」

學員們不同意：「還是差得有點多吧？時訣哪有崔老師帥啊！」

崔瑤老實，忍不住說：「人家逗你你也信……」她又試著問徐雲妮，「時訣什麼時候喝多了？」

徐雲妮說：「好幾天以前了。」

崔瑤看向崔浩，那眼神帶著不滿：「你帶他去的？他不是要考試了嘛，幹嘛還出去玩……」

崔浩往外指了指：「沒妳的事啊，別在這乾站著，進去收拾一下，馬上上課了。」

崔瑤不情不願離去，崔浩一回頭，就跟徐雲妮對視上了。

非常平和的視線，卻看得崔浩莫名一愣，不自覺地解釋說：「那天情況特殊，是正事，平時肯定不會那麼喝的。主要他喝完酒還給合作方跳了舞，不然不會那麼難受的。」崔浩嘆了口氣，往沙發一靠，「現在想爭取個活動機會不容易，拉臉擺架子的……」

一些學員去了更衣室換衣服，裡面有點擠，剩下幾個人在外面一邊聊天一邊等空位。徐雲妮身旁站著一個背著大運動包的女生，徐雲妮稍微往裡面讓開位置，說：「妳把包放這吧。」

女生連忙說：「沒事，我背著就行。」

崔浩揚揚頭，問：「妳這什麼啊，跟炸藥包似的。」

女生說：「我剛才去打球了。」

崔浩：「那妳還有力氣跳舞嗎？」

「有啊！」女生說著，還是把包放到沙發上，活動一下肩膀，「我生龍活虎！」

崔浩說：「我看是 Delia 對你們要求太鬆了！」

「說我什麼呢？」

徐雲妮轉頭，見一個明豔的美人從更衣室出來。其實這店裡的人看起來狀態都不錯，經常運動的人身材普遍好，很有自信，氣血充足，一個個精神煥發。

Delia 對著崔浩說：「崔老闆，請你打開評論軟體看看，就這麼說你好評第一的老師是吧？」

崔浩嘿嘿笑了幾聲，又轉來問徐雲妮：「哎，妳好不好奇時訣排第幾？」

徐雲妮想想，說：「應該不高吧。」

崔浩：「為什麼？」

徐雲妮說：「他的學員應該沒到有手機打評價的年紀。」

崔浩笑道：「妳知道他教小孩啊，他沒那麼多時間上課，而且帶小孩能磨磨性子。」

徐雲妮問：「他性子不好嗎？」

「唔，也不是不好，就是有時候很欠打。」

徐雲妮不言語。

「而且……」崔浩咂咂嘴，接著說：「這小子偶爾那脾氣上來，特別拗，別看表面好說話，其實特別固執。」

徐雲妮說：「我剛轉學過來沒多久，還不怎麼瞭解，他是我們班班長，他在學校口碑特別好，老師同學都喜歡他。」

他們聊了一陣子。

崔浩對徐雲妮印象相當不錯，他覺得這女生長得不算特別漂亮，但氣質好，給人感覺很舒服。她不像很多年輕學生那樣，對陌生環境感到拘謹，她很大方，說話和傾聽時，都會認真地直視著對方。

她沒什麼打扮，從頭到腳非常樸素，但崔浩閱人無數，知道她的家庭條件和成長環境肯定很不錯，她身上有著相伴而來的磊落和端正。

崔浩起身回去前檯，魏芊雯瞧見他，說：「你送個水送半天？」

「挺有意思的，」崔浩嘀咕著，打開售水機的門，在最下面翻找，「哎，我之前放這的水果呢？妳偷吃了？」

魏芊雯：「沒啊，在裡面吧。」

崔浩撥開外面的飲料，終於看到了，他拿出一盒包裝精緻的陽光玫瑰葡萄。魏芊雯瞧見，瞬間不樂意了，說：「哎，你可真行欸，我要吃你捨不得，現在拿給外人吃是吧？」眼瞧著包裝盒都被拆了，魏芊雯抻著脖子逗他，「不像是時訣喜歡的類型啊，你別討好錯人了。」

「喲，妳知道他喜歡什麼類型的？」

「聽話的純欲女文青嘛，」魏芊雯挑起一側眉毛，不鹹不淡地說：「你哥倆口味很接近的，你不知道嗎？」

崔浩無語地回頭看她一眼。

魏芊雯指指他手裡的葡萄：「進口的，一盒兩百多呢，不是說普通同學嗎？」

崔浩乾巴巴道：「普通同學怎麼了？普通同學就不能吃葡萄了？我就想給普通同學吃！」

魏芊雯：「呿。」

崔浩將葡萄拿去洗乾淨，裝盤端到休息區。

Delia 的課已經開始了，學員都進教室了，休息區只剩下徐雲妮。

崔浩把葡萄放到桌上：「來，同學，吃點水果。」

「謝謝。」徐雲妮還真有點餓了，摘了一顆放嘴裡，涼絲絲的，又甜又香。

也不知道是不是被魏芊雯的話洗腦了，崔浩自打從前檯回來，再看徐雲妮，腦子裡不斷浮現「聽話的純欲女文青」這個標籤。

聽話嗎？不知道。

純欲嗎？看起來真不太像。

女？這個肯定的。

……文青？她喜歡文藝嗎？

崔浩腦子胡亂想著。

徐雲妮吃著葡萄，注意到崔浩直勾勾的視線，她看過去，崔浩說：「妳……」

徐雲妮：「嗯？」

崔浩撇撇下巴：「要不要去看看時訣上課？」

第七章 舞

他們來到大教室後門。

崔浩將門拉開了點。

隔著門都能聽到音樂聲，門一開，音浪滾滾撲面而來。

正巧有人喊了幾聲口號，一聲比一聲清楚，帶著所有人的動作節奏一起提了起來。徐雲妮花費了兩三秒，才判斷出那是時訣的聲音。跟平日裡那種輕描淡寫的腔調很不同，他此刻的聲音響亮而強烈，甚至有些嚴厲，伴隨著清晰深沉的鼓點，敲在人的心上，咚咚不停。

教室打著暖色的光，不是很亮，大概有七八個人左右。

崔浩問她：「認出他了嗎？」

徐雲妮說：「最前面戴帽子的。」

看了一下，崔浩又問她：「感覺怎麼樣？」

徐雲妮說：「有點奇怪……」

崔浩說：「他帶的這個是系統集訓班，現在在做元素疊加，就是一種……」崔浩手腕轉了轉，跟她解釋，「嗯，身體的開發訓練，不是成品舞，不太瞭解的人直接這麼看，可能會有點奇怪。」

崔浩誤解了，徐雲妮所說的奇怪，並不是覺得他上課的內容奇怪。而是這人突然之間，跟固有印象不同了。

就像一個原本只能看的精緻手辦，突然動起來了。

知道他會跳舞，和親眼看見，完全是兩碼事。

這些都是重複性的基本功練習，在明快熱情的音樂中，動作變換極快。時訣在最前面帶隊，沒有多餘的話，只是每一次變奏的時候，他會快速拍拍手，喊一次口號，然後轉到下一組動作。動作的難度越來越高，很多學員的腳步慢慢沉重起來，而他的身體卻像不著力一樣，把鬆弛與控制，輕柔與速度，都容納到同一方寸間。

有標準與體態的加持，不管是複雜還是簡單的動作，都有著濃烈的感染力。

「感興趣嗎？」崔浩帶人看課都是有方向的，魏芊雯教的，男生就領去看Delia，女生就來看時訣，特別容易推銷會員卡，「辦卡嗎美女？正好現在有優惠，妳是時訣同學，我幫妳打八折，內部價，別往外說。」

徐雲妮說：「你看我行嗎？」

崔浩說：「肯定行啊，舞蹈是最自由的，只要喜歡誰都能跳，而且妳長手長腳的，一看就適合跳舞！」

他應該是真心熱愛這個行業，徐雲妮心想，本來凶神惡煞的，講起舞蹈來眉飛色舞，像個小孩一樣。

「學完能拉著手從肩膀後面繞過去嗎？」

「……啊？」

「沒什麼，」徐雲妮又問，「時訣學了多久？」

「他？」崔浩回憶著，「學舞蹈嗎？他是從小就耳濡目染了，他爸爸是跳現代舞的。街舞這邊他大概是七八歲左右開始接觸的吧，什麼都能跳，比較擅長Hiphop，那種大框架的。不過他不太受限於各種風格，他的舞蹈就是為了解析音樂服務的。」他看著教室裡的人，又說：「他其實不太喜歡這種純粹追求技術和力量的訓練方法。」

徐雲妮：「那為什麼還這麼上課？」

崔浩：「賺錢啊，人家甲方提的，就要這麼夯實基礎，時訣的風格就是誰出錢多誰說了算，哈。」

這時，時訣帶著大家做了一個轉身的動作，徐雲妮餘光一閃，注意力被吸引了。

她居然這麼晚才發現這兩人。

若依和阿京也在。

有些事，在徐雲妮腦子裡漸漸關聯起來。

徐雲妮短暫思索後，問崔浩說：「崔老闆，你們為什麼要開這個集訓班呢？」

崔浩回答說：「合作的公司想送人來特訓，我就聯絡了幾個一直說想進階基本功的，湊了個班。這種班平日開不起來，太累了，根本沒人來。」想到什麼，他又說：「時訣剛開始還不想幹呢，但是沒辦法，還好最後被錢打動了，這小子有時候任性得很。」

他們在教室後門看了一下，崔老闆忽然發現了授課方面的瑕疵。

「我等等要跟他說說，就是集訓班不能真跟機器似的這麼跳啊，臉上都沒笑容，人家是花錢來的。」崔浩納悶了，「他怎麼回事呢？一上這課就拉個臭臉……」

徐雲妮：「沒休息好吧。」

崔浩想了想，說：「有可能，最近是挺累的。這人臉上一沒表情，看了都害怕。」

從他們的角度看不到正臉，人群中只有背影，前方的鏡子裡偶爾露出點身影，看不真切，但僅僅是這樣，也足夠印證崔浩的話。

時訣戴了頂黑色漁夫帽，眉眼遮住大半，只剩下輪廓清晰的下半張臉。他一身黑色衣服，露出的皮膚又白得驚人，這種強烈的對比，加持著頗有力度的舞蹈，有一種明顯有別於他人的氣質在。

鞋子踩在地板上的聲音特別清脆，偶爾摩擦出的尖銳聲十分提神。

徐雲妮默不作聲看著。

阿京一身奢侈名牌，還戴著項鍊和戒指，打扮得非常精緻。其實他算是這個班裡實力比較強的，大部分的人跳到最後體能都跟不上了，他雖然動作有點變形，但還能勉強跟住。

崔浩有些遺憾地說：「哎，可惜了，時訣這是帶訓，不是百分百的狀態，妳該等他上編舞或者成品舞的時候來，現在還不夠帥。」

「這還不夠？」在徐雲妮的概念裡，這已經是隔著螢幕才能出現的畫面了，她看著崔浩，笑道：「崔老闆，你們的世界也太華麗了。」

崔浩看著她的面容，腦子裡忽然怔了那麼一瞬，他轉向教室裡跳舞的人群，沒多久又轉了回來，來了一句：「其實時訣沒有看起來那麼花裡胡俏的。」

徐雲妮「嗯」了一聲。

崔浩：「我知道你們學校裡不少人都說他冷淡，有距離感，是吧。」

「有嗎？」徐雲妮說：「我沒那麼覺得。」她看看屋裡上課的阿京，輕聲說：「他只是想的事比較多吧。」

這時，魏芊雯過來叫崔浩，好像有什麼事，他就先離開了。

徐雲妮還在原地看著。

又過了一下，要下課了。

時訣一停下，幾乎所有人都在一瞬間倒在地上。

時訣說：「哎，別馬上躺下啊，稍微動動。」

學員們象徵性地在地上翻了個身。

阿京倒是還站著，隨著音樂做拉伸，他似乎跟轉身過來的時訣對視了一眼。

時訣走了過來。

距離一兩公尺，徐雲妮才看清他那黑色的短袖衣服幾乎濕透了，完全貼在身上。他停下腳步，摘下帽子，抓了下半濕的頭髮，身體因為喘息微微起伏。

他對她說：「我去沖一下，五分鐘，妳去沙發那邊等吧。」

徐雲妮「嗯」了一聲，時訣離開，她還是沒動。

她後退半步，看著屋裡那幾個緩過來的學員。

包括若依在內，已經走了一半的人了，剩下幾個圍著阿京說話。

一個女生說：「阿京，你體能真好。」

阿京：「這種強度不算什麼，我在公司練得比這狠多了。」

時訣走時並沒有關閉音響，裡面隨機播放了一首酒吧風格舞曲，阿京又跳了一段。

「你還會House？」女生驚訝地說。

「以前玩過。」

「好厲害，你還會別的嗎？」

「各種表演風格都練過點。」

「哇！那你最擅長什麼風格？」

阿京逗她玩一樣，說：「性感，來，看看能不能勾引到妳。」

說著，他隨著音樂起舞，表情玩味，一手扒著大腿根部朝著女生律動身體。

「哎呀……」女生偏過頭，「你幹什麼啊。」她一轉頭，看到門口，「哎，時訣，阿京在跳舞，你也來啊。」

徐雲妮側目，時訣從前門進了教室，去拿剛剛遺忘的毛巾。

阿京一路盯著，視線不甚友善。

女生說：「阿京在展示性感！」

時訣：「剛才那個嗎？」

女生：「你感覺怎麼樣？」

時訣問阿京：「你這麼喜歡這個動作，平時熱身沒一次不做的。」

阿京說：「這是我的個人風格。」

時訣「嗯」了一聲，毛巾搭在肩頭，走向門口，他中途回身往某個方位指了一下，說：「真難受就去檢查一下，別耽誤了。」

屋裡幾個人都被逗笑了，阿京陰沉著臉不說話。

時訣去了淋浴室。

女生對阿京說：「你別生氣，時訣就那個樣子，他沒什麼惡意的。」

阿京似乎對她這發言非常不滿意，神色冷漠。

女生也看出來了，換了個話題問阿京：「那個……你是怎麼進樂陽的？」

阿京：「我去公司轉了一圈就要我了。」

女生說：「你真厲害，你們什麼時候招人啊？我也想試試，都不知道該怎麼弄。」

阿京冷笑道：「別的先放放，妳去面試的時候記得先把這身一眼假的名牌換了。」

女生的臉一下子紅了。

阿京似乎不想再跟她聊下去，翻了白眼，拿著手機起身離開。

幾個學員在教室裡嘀咕。

「……裝上天了，不知道的以為什麼大明星呢。」

「他跟 jazz 班的老師倒是一口一個姐姐。」

「人家 Delia 開名車來上課的，他天天磨人家借車開，你看 Delia 理他嗎？」

阿京往外走，徐雲妮跟在他後面，看著他出了門。

徐雲妮停在前檯的位置，沒有再跟過去，她水喝多了去了趟洗手間，出來的時候看見時訣在前檯，仰頭灌了一瓶運動飲料，然後出了店。

徐雲妮跟過去，推開門，看見阿京正在路邊打電話，他注意到時訣，馬上掛斷了。

同時又有幾個小學員搭伴過來，最多也就六七歲，見了時訣，嘰嘰喳喳圍過來叫老師。

時訣的大手在幾個小腦袋上一人按一下。

阿京要回店裡，行動路徑被時訣有意無意擋住了。

幾個小孩和家長跟他打完招呼，進了店，阿京也要跟著進去，被時訣扯著袖子拽到面前。

阿京甩開他：「你幹什麼？」

時訣：「老老實實上完課，走人，少惹事。」

阿京不滿，冷冷道：「你什麼態度？這可是你們店長求我們公司要合作的，你就這服務品質？」

時訣打量著他，忽然笑了。

「說起合作，」他摸摸下頜，「你老闆把你的資料傳過來了，我看你……念到國一？」

阿京的臉瞬間沉了下來，「你什麼意思？」

「怪不得呢，」時訣釋然道：「我就說這些事不像是長腦子的人能幹出來的。」

阿京氣得鼻孔都放大了，罵道：「不知道你在說什麼！滾開！」然後一把推開他，進了店裡。

時訣揉了揉脖子，看到站在斜後方的徐雲妮。

他說：「我還以為妳已經出來了。」

徐雲妮：「我剛剛去廁所了。」

時訣點點頭，拿出手機，問：「久等了吧，想吃什麼？」

「我請你，你想吃什麼？」徐雲妮站到時訣身旁，看他搜尋餐廳，手機的光線映在他的臉上，皮膚又白又薄，看起來涼絲絲的。

他剛洗完澡就出來了，換了一身淺灰色的連帽運動服，髮梢都沒擦乾。

時入深秋，晚上溫度已經很低了。

「就附近找一家吧，」徐雲妮指著巷口街對面的商場，不等時訣回話就邁開了步伐，「去那邊。」

他們走到路口，等紅燈。

四周亂糟糟的，夜晚的商業街熱鬧非常。

徐雲妮盯著前方的車流，突然說了句：「是他幹的吧？」

時訣看過來，徐雲妮說：「剛才那個男生，是叫阿京嗎？他上次在那家餐廳裡對你放過狠話，我後來在車上提醒你注意，你還記得嗎？」

時訣看著那雙認真詢問的眼睛，眉眼驀然一彎。

徐雲妮的思緒就有一點點跑偏。

好像他每次笑的時候，眼睛都很亮，尤其近看，尤其在夜裡。

即使他現在已經肉眼可見的十分疲憊了。

時訣稍微往她這邊偏了偏，眼神示意她靠過來，徐雲妮以為他有什麼重要的事要說，湊過去。

時訣在她耳邊輕聲道——

「我們吃火鍋吧。」

就知道。

紅綠燈變色了，這次他先一步朝對面走去。

看著時訣手插著口袋，溜溜達達往對面走的背影，徐雲妮心想，他這樣的態度……大概是有什麼理由，因為某些原因，讓他不好較真一些事。

他哥？

——「現在想爭取個活動機會不容易。」

是有合作？不能撕破臉？

徐雲妮一邊想著，走到他身旁，問道：「吃涮肉還是麻辣鍋？」

時訣：「辣的唄。」

踏入商場，熱氣撲面而來，溫度驟升。

現在是週六晚上，這裡又處於市內數一數二的熱鬧商圈，是主要人流聚集地。放眼望去，商場裡吃飯的、逛街的、溜孩子的，到處都是人。

徐雲妮仰頭往上望，說：「先往樓上走吧。」

兩人上了電梯，轉來轉去，來到四樓餐飲區。

這層人更多了，加上餐廳也多，熱氣騰騰，徐雲妮後背出了汗，感覺渾身毛孔都舒張開了。她拎拎衣領，看了手機一眼，雖然今天比較折騰，但她出門早，現在才七點多，正好是吃飯的尖峰期。

走了半圈，找到一家火鍋店，牛油毛肚火鍋，主打食材新鮮。

他們拿了號碼牌，在門口坐著等。

期間徐雲妮口渴，去買水，留時訣占座位。

檸檬茶店排隊人多，她稍微等了一下。等她回來的時候，時訣窩在靠椅上，抱著手臂，正閉著眼睛休息。

她能感覺到他非常累，坐在一旁沒說話。

火鍋店門口人更多，椅子離得近，徐雲妮收著腿坐著，喝著檸檬茶，無意識地看著前方發呆。

看著看著，視線又落到他的側臉。

她注意到一件事——他好像打了耳洞，還不只一對，幾個？

周圍有些吵，等位的人很多，有人在打遊戲，有人外放影片，還有小孩子說話玩鬧，加上商場的背景音樂，和熱騰騰的溫度，徐雲妮感覺整個人暈暈的……

她抬手碰了下脖頸出的薄汗。

「妳跟王泰林他們吃飯也這麼安靜嗎？」

徐雲妮手一頓，注意力重新集中。

他睜開了眼，靜靜看著她。

「……我還以為你睡著了，就沒說話。」她解釋道。

時訣的眼睛裡帶著血絲，比剛才在外面看起來明顯了點。

他抱著手臂，懷裡的手機一沒留意，從旁滑落。徐雲妮想幫他接，沒接住，啪唧一下扣在地上。

手機離徐雲妮比較近，她直接撿起來，還好螢幕沒碎。

結果這麼一翻，她看見了解鎖背景。

一張圖片，像是在臥室，有人坐在一張矮床墊上，對著對面窗戶照的。照片很日常，房間裡有鏡子、鋼琴、吉他、桌椅電腦，還有散落的筆記和隨意放置的衣服。午後的光從窗外打來，一縷一縷的，非常平靜。

從時訣動態照片風格判斷，徐雲妮覺得這張應該是他自己拍的。

徐雲妮把手機還給時訣，他接過，斜眼道：「妳怎麼喜歡偷看別人的東西呢？」又不講理了。

徐雲妮說：「拿起來它自己就顯示了。」

時訣不言，對她的手機揚揚下巴，徐雲妮心說有時候跟小朋友似的，還要有來有往。

徐雲妮把自己手機翻過來，亮出螢幕。

還是那張熟悉的背景圖，跟她的動態一樣，黑乎乎一張。

時訣說：「妳是圖省事，還是喜歡這種陰間風格？」

「怎麼陰間了？」徐雲妮轉過來自己看看，「是沒你技術好，但拍得也還行吧。」

「純黑圖片還要拍？」

「……純黑？」

徐雲妮頓了頓，看看手機，再看看時訣，再看看手機，再看看時訣。

時訣：「犯病了？」

徐雲妮：「班長，你是不是有散光啊？」

時訣歪著頭，面無表情。

徐雲妮把手機遞過去，說：「你仔細看看，這是純黑的嗎？」

時訣沒接，直接在自己手機上打開了她的動態，點開背景圖片，就這麼看了一下，突然發現這圖片右邊有個地方，有顆沙子一樣的白色顆粒。

這是……星星？

……原來拍的是夜空嗎？

徐雲妮看著他的嘴唇不自覺抿起來，覺得有趣，又問一遍：「班長，是純黑的嗎？」

時訣說：「妳這什麼年代的手機？」

徐雲妮說：「我國中時用的，也沒過去幾年。」這是徐志坤去世的那一晚，她從醫院樓梯間向外拍的。她看著時訣手機上的圖，「像素還行啊，這是當時最新的款式呢。」

她只是下意識偏過身子往那看，等真的靠近了，聞到那股香，才有那麼點額外思緒。

為什麼一個男生身上，永遠有這樣的香氣呢。

徐雲妮的目光從螢幕轉向他的眼，他垂眸瞧著她，弧線流暢的上眼瞼蓋住一半眼眸，視線不太分明。

徐雲妮問：「你把我備註的是什麼啊？」

他說：「妳不是看到了？」

這個距離，他的睫毛，肌膚的紋理，臉上的小痣，都一清二楚。

徐雲妮再次重申：「我不是『變態跟蹤狂』，我不是跟你解釋了，那天跟著你出去只是想看看你需不需要幫忙。」

他瞧著她的眼睛，一聲輕描淡寫的「ＯＫ」，點了點頭，開始改寫。

新名字出現了，更加啼笑皆非。

徐雲妮：「我也不是『活雷鋒』……班長，你還挺幽默的。」

時訣：「這也不行？」

徐雲妮：「活雷鋒和變態之間就沒有別的選項了？」

時訣想了想，重新打字。

徐雲妮低頭看著。

我。

有。

有點奇怪的開頭……

六。

個。

徐雲妮眉頭微蹙，還是沒有反應過來。

耳。

洞。

「……」

他打完了。

徐雲妮也看完了。

她緩緩坐直身體。

時訣歪著頭，認真詢問：「這個行嗎？」語氣相當誠懇，好像真的在徵詢她的意見似的。

手裡的檸檬茶，杯壁邊緣流下水珠，留下一道水線。

徐雲妮真心覺得，時班長說話做事很有自己的風格，或者說節奏感？

不太按常理出牌。

很容易搞得人……搞得人……

徐雲妮真心發問：「班長，你是有天眼嗎？閉著眼睛都能看見？」

「嗯，」他的聲音又平又短促，伴隨著眼睛一閉一睜，有點得意似的，「厲害吧？」

徐雲妮靜了片刻，點頭道：「厲害。」她再次看向他的耳朵，「我這一邊只看見兩個。」

時訣說：「耳垂兩個，耳骨一個。」他撥弄一下耳朵，果然上面還有一個。

徐雲妮：「你往軟骨裡打釘子？不疼嗎？」

「特別疼，」他笑著說：「但我可以忍。」

徐雲妮剛要說什麼，肚子突然咕嚕嚕叫起來。

呃……

時訣問：「妳餓了？」

徐雲妮說：「肯定餓啊，你不餓嗎？」

時訣其實還好。

徐雲妮看看時間，說：「我中午十一點吃飯，到現在已經過去八個多小時了。」

「什麼都沒吃？」

「吃了，你哥給我了一串葡萄。」

「哈。」

時訣轉頭看看火鍋店，店裡店外都人滿為患，他點開排隊ＡＰＰ，前面還有四十七桌。

他收起手機，站起來，說：「走吧，換家人少的。」

徐雲妮抬頭道：「我剛剛查過了，這商場只有這一家麻辣火鍋。」

時訣無謂道：「那就不吃火鍋了唄。」

徐雲妮也站起來，「那你想吃什麼？」

「看看再說。」

他們往電梯走，徐雲妮本想去五樓看看，被時訣拉住，說：「樓上人也多，下去吧。」

徐雲妮跟在時訣身後，手扶梯平穩向下運行。

他兩手插口袋，打了個哈欠。徐雲妮視線不經意地往袖子上瞄了一眼，被抓過的地方布料微微變形。

最後，時訣帶著徐雲妮踏進了一樓的麥當勞。

他站在點餐機前，選了幾樣自己要吃的加入購物車，又轉頭問徐雲妮：「妳吃什麼？」

徐雲妮猶豫了一下，往前站了點，伸手點餐。

點完之後，打包結帳。

付款的頁面跳出來，徐雲妮還是停住了。

「真的吃這個嗎？」她問。

「妳不喜歡麥當勞啊？」

「不是不喜歡……」

這個確實是最快的，能解燃眉之急，只是她大老遠過來，主動請客吃飯，就吃一頓麥當勞，說出去實在令人汗顏。

結果她這麼一尋思，面前螢幕一閃，時訣居然把帳結了。

「你幹嘛？」徐雲妮詫異道：「不是我請嗎？」

他拿過收據，悠悠瞥來一眼，便直接去了座位。

他選了個靠窗的位子。

過了一下，餐點好了，徐雲妮要站起來，時訣下巴輕抬，意思是不用動，他起身去拿。

他端著盤子過來，徐雲妮餓慘了，顧不得什麼餐桌禮儀了，撕開漢堡，狼吞虎嚥。

期間她看了時訣幾眼，還是覺得他形神疲憊。

「早知道我就換一天了，」她說：「我不知道你上集訓課會這麼累。」

時訣先吃了薯條，問：「我累嗎？」

「該帶你去照照鏡子。」

「行啊，去哪照？」

徐雲妮沒想到他還同意了，用衛生紙擦擦手，拿出手機，調出相機對著他，「你看你的眼睛。」

時訣瞄一眼：「妳這十級濾鏡能看出什麼來？」

「啊？哦，我忘了……」徐雲妮下意識開了美顏相機，拿回來調整。

時訣拿起可樂，晃了晃冰塊，問：「平時都是這麼騙自己的？」

徐雲妮「呵」了一聲，說：「體諒一下，我沒你那條件啊。」

她換回原鏡頭，對著他，「這樣看到了吧？」

他沒什麼興趣地移開視線，徐雲妮在對面瞧著，感覺他那漫不經心瞥開眼的樣子，很像路邊那些對人愛理不理的貓。

徐雲妮剛這樣想著，手機震了一下，螢幕還對著時訣，他可能瞧見了內容，眼神看向徐雲妮。

徐雲妮翻過來，居然是王泰林傳來的訊息，她點進去看見內容，打字回覆，然後抬頭對時訣解釋說：「王泰林讓我們都去他直播間，送點禮物幫他漲人氣。」

她點進了王泰林的直播間，他正在唱歌，一首徐雲妮叫不出名字的流行歌曲。就算徐雲妮完全不懂聲樂，也能聽出來他唱得很好，唱起歌來跟本人的氣質很像，大開大合，情緒灌滿。

徐雲妮說：「王泰林唱歌很專業，他是專門學這個的，說從小開始唱。」

時訣把一袋薯條全都倒在盤子裡，嘩啦啦的。

兩三秒後，手機裡傳來王泰林爽朗的聲音：「感謝『最愛泰山辣麒麟』送的火熱玫瑰！感謝家人！來，大家點讚關注走一波！」

時訣擠番茄醬的手停在半空中，挑起眉毛。

徐雲妮覺得這場景，有點說不出的搞笑，她稍微抿抿嘴，說：「王泰林讓我們在直播間裡取跟他名字有關的ＩＤ，蔣銳是『因你泰美』，劉莉是『林家哥哥』，王泰林都嫌沒創意。」她指尖點點螢幕，「他最喜歡我這個，覺得霸氣，他因為這ＩＤ還請我吃了頓飯，準備拿來當粉絲團名字用。」

時訣右嘴角一抻，並不言語。

完成了刷熱度的任務，徐雲妮收起手機。正好說到王泰林，她就將之前那件事翻了出來。

「對了，丁可萌和王泰林那件事，是我誤會你了，不好意思。你還幫忙找王泰林說情，我一直想好好謝謝你。」

雖然手機裡提過一次，但徐雲妮覺得不管是道歉還是道謝，總歸面對面更有誠意些。

時訣：「多餘了吧。」

徐雲妮：「肯定不多餘啊。」

時訣笑著：「我是說我多餘了吧。」

時訣放下可樂，不鹹不淡道：「我看妳跟王泰林相見恨晚啊。」

相見恨晚還稱不上，但確實是相處得還不錯，徐雲妮很喜歡直爽的人。

但這不是現在的重點。

徐雲妮聽出他的不滿。

本來她說要請客，反而吃了他一頓，已經有點不像話了，徐雲妮認為，她不能一錯再錯。

她說：「那也是你先打好了基礎，你替我說了好話，他給你面子，不然情況還挺危險的。」

時訣：「危險什麼？妳怕他揍妳啊？」

徐雲妮：「啊？王泰林會打人嗎？」

時訣：「怎麼不會？一二年級的時候常動手。」

「這樣啊……」徐雲妮下頜微微揚起，好像想到了什麼，又鎮定下來，「沒事，班導師都說了，有問題就找班長，王泰林再厲害，他總打不過你吧？」

時訣愣在那，過了一下，質問道：「妳跟王泰林吃飯該不會是反過來說的吧？」

徐雲妮「呵」了一聲，「哪有。」

淺到瞬逝的笑。

時訣一手撚著薯條，攪拌著紙上的番茄醬，下巴墊在手背上，拇指撥撥喉嚨。

順利過渡了王泰林，徐雲妮與他聊起學校的事。

「主任前幾天一直找你，他跟你聯絡了嗎？」

「聯絡了。」

「應該是排練合唱的事吧，我也選上了。」

「喲，恭喜妳。」

徐雲妮拆開雞塊的盒子。

「沒什麼可恭喜的，選拔標準好像只有身高。」

「還有長相。」

徐雲妮一詫：「是嗎？」她稍稍琢磨了一下，又說：「後來主任說要挑幾個助手，我也報名了。」

「都是打雜的工作，妳報它幹什麼？」

「主任說是負責組織管理的，我還想當組長，沒選上，被樂團一個叫王、王……」

她一時沒想起來，時訣說：「王澤？」

「對，你認識他？」

「四班的，技術不過關，吹小號把自己吹發腮的音樂小老師。」

「就是他，我沒競爭過。」

時訣淡淡道：「妳官癮挺大啊。」

徐雲妮把盒子紙折好，看看時訣：「你沒官癮，那你為什麼要當班長？」

「因為我媽喜歡。」

「什麼？」

「她覺得我當上班長就是好學生了。」

徐雲妮啞然片刻，說：「那你之前都是什麼表現，讓阿姨覺得必須用班幹部的名頭來約束？」

時訣眼神飛去了一旁。

他們一句一句聊著。

說完了學校，徐雲妮又聊起了常在麵館，她一邊吃著漢堡，一邊研究著吳月祁的番茄牛肉麵湯底製作祕方，足足十來分鐘。

時訣在對面聽著，看著。

……算是意外，還是情理之中？

她還挺健談的。

時訣不是沒跟女生出來吃過飯，大多情況下都需要他來掌控節奏。這頓飯則不然，那道平穩的聲音，總能恰如其分地找到個合適的話題，把聊天自然而然進行下去。

他感覺不需要帶腦子了。

不過說實話，他現在是該省省力氣……

「……班長？」看他有點發呆，她問，「要睡著了嗎？」

他提起精神，徐雲妮問：「嫌我話多了？」

「怎麼會，」他說：「妳別嫌我話少就行。」

「哦，沒事，」徐雲妮說：「你嗓子都啞了，少說點吧，留著力氣上課用。」

她說著，拿水喝了一口，檸檬水已經見底了，她試著把吸管移動到冰塊縫隙裡，把最後那半口吸上來。然後無意間一抬眼，看見對面的人手掌托著面頰，靜靜看著她。

安靜與疲倦，使他看起來像是拔了刺的玫瑰，只剩香氛與美麗。

他說：「真溫柔啊。」

什麼？

……誰？

她？

徐雲妮剛剛喝水的時候想了一個接下來準備聊的事，現在突然忘了。

靜默片刻，他問：「怎麼不說話？」

「不是，」她實話實說：「你一打岔，我就想不起來了。」

「啊……」他笑著說：「我的問題啊。」

這一聲比之前更輕了，卻又有種奇怪的穿透力，帶著鼓膜輕輕震動。

「那這樣吧，」他像是想要彌補一樣，提議道：「我來找個話題？」

「你說。」

「交過男朋友嗎？」

玻璃窗外，有小朋友跑過去，拿著個玩具，發出了叮鈴鈴的響聲。

她說：「沒有。」

時訣：「喜歡什麼樣的？」

……他們怎麼突然跳到這個頻道的？這些話該是他們這種關係聊的嗎？徐雲妮先是這樣想著，而後又想到，他們算是什麼關係？同學？朋友？

……話說他們現在稱得上是朋友嗎？

她說：「正直踏實的。」

「哎？巧了，」他說：「我也蠻喜歡這種。」

徐雲妮看著他意味明顯的視線，放下手裡的食物。

「班長。」徐雲妮忽然十分好奇，問他，「你是對所有人都能聊出這種話嗎？」

時訣頓了頓，臉上笑意漸漸消失，「妳把我當成什麼了？」

不只神色，好像連聲音都落了地一樣。

徐雲妮回過神，感覺自己這話可能有點過了。

他偏開視線。

「班長……」徐雲妮解釋說：「我不是那個意思，我只是……」她說一半，看他的側臉，好像有那麼點故作姿態的意思，她試著問，「班長，你是在逗我嗎？」

他看過來，徐雲妮說：「還是真的生氣了？別嚇唬人啊。」

「沒有，」他笑了笑，「妳是什麼意思都沒關係。」他又問她，「怎麼發現的？」

徐雲妮緩緩道：「我大概已經知道你的風格了。」

時訣好奇道：「我是什麼風格？」

「有點喜歡讓人誤會？」徐雲妮分析說：「班長，你有時候真的挺惡趣味的。」

「有嗎？」

「有，」徐雲妮想到什麼，「之前在酒館的那個晚上，你為什麼說你在陪酒？你哥明明說你們是為了跟別家公司合作。」

「差不多。」

「那還是差得有點多的。」

「過程都一樣的。」

「就算過程一樣，」她像在說繞口令一樣，「還是不一樣。」

時訣靜靜看著她。

她在吃一塊雞翅，很厲害的吃法，一口脫骨。

「妳知道妳在我眼裡是什麼風格？」他忽然問。

徐雲妮咽下雞翅：「什麼風格？」

「妳猜猜。」

「書呆子？憨秀才？土狗？」

「哈哈！」時訣被她逗得笑彎了腰，拍拍桌面，「哎，妳對自己的認知很到位嘛！」

徐雲妮面無表情，拿來另一塊雞翅。

等半天，他還是不開口。

「說啊。」

時訣：「就是妳自己說的類型。」

徐雲妮：「……」

他又笑了，伸出手來。

因為手臂太長了，很輕易就到了她面前，指尖托著她的下頷，往上輕輕一用力，幫她把嘴閉上。

「真夠呆的。」他淡淡道：「光成績好有什麼用啊。」食指指尖，觸感非常硬，應該是常年練習樂器留下的繭。

吃吃喝喝，他們又聊起了別的。

「班長，你以後會當明星嗎？」

「幹嘛？要我提前幫妳簽名？」

徐雲妮說：「沒，就是有點好奇，我感覺……」她看著他，忽然說：「我感覺你像個天生的藝術家。」

「什麼？」他一愣，好像被什麼詞刺激了一樣，眉毛擠了擠，輕嗤一聲，「那妳看走眼了，我當什麼也不可能當藝術家的。」

「這樣啊。」

「妳呢，妳想幹什麼？」

「我大概會幹些在你眼裡很無聊的工作吧。你在那家舞社做了多久了？」

「好幾年了。」

「……你才多大？就好幾年了？」

「十九。」

「啊？你都十九了？」

「嗯，妳呢？」

「十七，我明年春天才過生日，你為什麼……你是上學上得晚嗎？」

「不晚，」時訣說：「我家人之前生病，我休學了很久。」

徐雲妮計算了一下：「那十九歲做好幾年，也有點誇張了啊。」

時訣摸摸下巴，回憶著。

「我大概十五歲就開始在我哥課上幫忙了。」

「那不是當童工嗎？」

「是啊，」他笑笑，「別把我哥當好人啊。」

徐雲妮想了想，問：「你哥知道你和阿京的事嗎？」

時訣：「他不需要知道，上個課而已。」

徐雲妮：「你像在上減肥訓練營。」

「哈，」時訣摸摸自己的脖子，嘀咕著，「……還行吧，我本身是比較容易掉體重的體質，等空下來多吃幾頓就好了。」

他的指尖在自己的喉嚨和鎖骨之間隨便撥弄了幾下，他的手非常白，脖頸也非常白，指甲是粉的，血管則是淡淡的紫。

徐雲妮把鳳梨派掰開。

她又問：「崔浩跟你有血緣關係嗎？」

時訣：「沒有，他是我爸的學生，他跟瑤瑤是堂兄妹。」

說起崔瑤，徐雲妮又問：「瑤瑤是長白頭髮了嗎？」

「什麼？」時訣想了想，「哦」了一聲，「那是噴的，她學校最近有活動，崔哥不讓她染頭髮。應該是自己噴的，沒怎麼弄過，不太熟練吧。」

「噴的？我就說，怎麼只有長一處。」

「……」

「挺好看的，新潮。」

時訣抽抽嘴角。

徐雲妮把剩下兩個雞塊疊一起吃進去了。

時訣只吃了一對雞翅、一盒霜淇淋，一份馬鈴薯泥，之後就不怎麼動了，偶爾拿幾根薯條。桌上的東西基本都被徐雲妮吃光了，她能看出來他身體疲憊，胃口不佳。

後來她去了趟洗手間，回來的時候，發現不遠處有一桌人盯著時訣看，還有人偷偷拿手機拍他。

幾個女生笑著，小聲說話。

徐雲妮看向座位。

時訣已經徹底不吃東西了，一手揣在連帽衣的前口袋裡，一手虎口卡在臉上，看向窗外休息。

不知是手太大，還是臉太小，這麼簡單的一個動作下來，他下半張臉都被擋住了，他的頭髮下面剃得較短，上面留了七八公分的長度，髮質看起來很鬆軟，剛剛洗過，有些凌亂，將眉目半遮半蓋。

不知道是不是從小學舞的原因，他不管什麼姿勢，看起來都像在凹造型一樣。一切矚目，都有理有據。

徐雲妮走過去，坐下。

「差不多了，我們走吧。」她說。

時訣起了身。

出了商場，冷風吹來，徐雲妮感覺剛剛舒展開的皮膚再次收緊了。

徐雲妮拉上衣服拉鍊，對時訣說：「明明我說要請客，還蹭了你一頓，真不好意思。」吃得倒是很開心，爽快暢聊。

他不甚在意：「下次再請回來唄。」

「好。」

「我等下沒課了，要逛逛嗎？或者去店裡坐一下？」

「不了，太晚了，你趕緊休息吧，我們學校見。」

時訣說：「嗯。」

他們在路口分別。

時訣在原地等紅綠燈，徐雲妮則順著長街離去。

第八章　野狐狸

時訣站了一下，側過頭。

徐雲妮兩手插著口袋，大步流星，偏偏走的是逆行，顯得背影愈發清晰俐落。

她漸行漸遠，最後身影澈底融入了喧囂的街道，和來往的人群中。

時訣回過頭來，將衣服的帽子往頭上一扣，朝馬路對面走去。

回到SD，推開大門，時訣準備直接轉彎上樓。

自打阿京來了，一樓總是被他占著，上完了課就往休息區一坐，找能看得上眼的女生說話。他本身形象不差，又有藝人身分加持，圈裡圈外聊一通，甭管真假，吃這套的人不少，天天晚上休息區都跟開趴一樣熱鬧。

他上樓上到一半，被趕過來的崔浩喊住了。

「回來了？哎哎！你等等。」崔浩一手支在樓梯頭上，朝他揚揚頭，「怎麼樣？」

時訣奇怪道：「什麼怎麼樣？」

「你不是跟那女生去吃飯了嗎？」崔浩好事地問，「順利嗎？」

時訣站在樓梯上看著他，沒說話。

崔浩說：「我剛才帶她看你上課，她很關心你呢，說你最近太累了，肯定是對你有意思。」

靜了一下，時訣笑道：「人家只是來吃個飯而已，沒想那麼多。你以為都跟你似的，滿腦子這些事。」

後面，崔瑤過來了，看著他們說話。

崔浩還在問：「那你們吃完飯就散了？沒再去哪玩玩？」

「沒有，她回家了。」

「嘖，你也不行啊！」

後面的崔瑤小聲說：「你們在說什麼呀？」

崔浩回頭看她，擺手道：「沒妳的事，一邊玩去。」

崔瑤特別不喜歡崔浩把她當小孩一樣的態度，但她又不敢頂嘴，她也不走，自己拉著小臉站一旁。

時訣說：「你哥在說我沒有女人緣的事。」

「……什麼？」她一臉震驚地轉向崔浩。

崔浩指著時訣，在那邪笑。

魏芊雯在裡面喊崔浩，把人叫走了。

時訣準備上樓。

「……時訣。」崔瑤往前一步，「你吃飯了嗎？我們點了外送，你要不要一起吃？」

「我吃過了，你們吃吧。」

他打了個哈欠。

很睏。

崔瑤聞到了香水味，很淡，應該只是擦了一點點，但肯定是擦了。

其實時訣在日常生活中，並不常用香水。

她看著他，張張嘴，又低下頭。

時訣打完哈欠，看到她的髮梢，「頭髮自己弄的？」

「嗯……」崔瑤摸了摸，然後往後面撥，「前天噴的，我哥不讓我弄，罵我了。」

時訣有時候會覺得崔浩挺有意思的，自己抽菸、喝酒、泡吧、刺青，什麼都沾，偏偏看女人的標準越純越好，教育妹妹必須規規矩矩，一點出格的事都不能幹。

「還不錯。」他說。

崔瑤說：「我哥說像老太太……」

「胡說八道，」時訣笑道：「別聽他的，他說什麼就是什麼？我也是妳哥，我說好看。」他臨時想到一個詞，「『新潮』。」

崔瑤一愣，時訣哈哈兩聲，輕盈又放鬆，轉身往樓上走。

徐雲妮到家差不多九點半。

李恩穎和趙博滿還沒回來。

徐雲妮回到自己房間，洗了個澡，然後裹著浴巾在鏡子前刷牙。氤氳的水汽籠罩鏡面，徐雲妮伸手擦了一下，露出一抹清晰的面孔。她好像看著鏡中的自己，又好像注意力發散，在想著什麼。

沒多久，鏡子再次被水汽罩起。徐雲妮彎腰漱口，回到臥室，換了一身居家服。出來後，她找到正在打掃衣帽間的保姆張阿姨，問：「阿姨，小帥在家嗎？」

張阿姨說：「在，房間裡呢。」

徐雲妮來到趙明櫟的臥室門口，敲了敲門。

「誰啊？」

「是我。」

屋裡靜了三四秒，趙明櫟過來開門。

「打擾你了嗎？」徐雲妮問。

趙明櫟：「沒啊，有事嗎？」

徐雲妮：「我之前看過你在國外上學的照片，有一張 drama club 的合影，你是去看演出嗎？還是參加了戲劇社團？」

「肯定是參加了啊，」趙明櫟得意道：「我還得過獎呢！」

「真厲害，」徐雲妮說：「是這樣，我有點事想找你幫忙。」

趙明櫟一愣，沒搞明白狀況，他抓抓雞窩頭，側過身：「有什麼事？先進來說吧。」

這臥室是趙明櫟親手打造的娛樂室，裡面電腦、主機、街機、劇院，一應俱全，書架上擺著各種從世界各地找來的東西。

趙明櫟拉來一個椅子，徐雲妮坐下，開始講事情，她表述能力極強，前因後果很快就交代清楚了。

趙明櫟一邊聽著，思緒翻飛。

他第一次見徐雲妮是從趙博滿的手機裡，趙博滿拿了一張徐雲妮與李恩穎的合影給他看。趙博滿絮絮叨叨地描述她，簡單總結，就是成績還不錯，是個很懂事的孩子。趙明櫟看著照片裡的女生，確實感受到了強烈的好學生的氣質。

趙明櫟對這對母女的態度還挺看得開的，主要是趙博滿離婚離得早，他又長時間生活在國外，他媽那邊早就再婚了，倒是趙博滿，一直一個人過。

兩家第一次一起吃飯，趙明櫟見到徐雲妮本人，她對趙博滿和他十分客氣，趙明櫟感覺，她大概是一個標準程序下成長起來的那種循規蹈矩的溫室乖寶寶。

後來發生了一件事，稍稍改變了他的看法。

有一次，他們全家一起去探望爺爺。

當時爺爺身體已經不太好了，住進醫院看護。他們聊著天，爺爺忽然想吃豆沙包，趙博滿就讓趙明櫟和徐雲妮去外面買。醫院對面有一家粥鋪，但剛好賣完，新的正蒸著，還要七八分鐘，他們在門口等。

隔壁是一家水果店，老闆是個四五十歲的中年男子，出了點狀況，店鋪門打不開了，是玻璃門的鋼化門鎖，大概是不小心被風吹上了。

後來他叫來一名鎖匠，有點口吃，說了半天講清楚這種鎖芯開鎖要七十塊錢，老闆著急，一口答應，讓他快開。

鎖匠拿了工具，半跪在那，鼓搗了幾下就開了。

老闆眼睛睜大，沒反應過來似的，「不是，你逗我呢？這不能收七十吧？」

鎖匠說：「是統、統統一一收費的。」

老闆看看周圍鄰里，說：「這不是眨眼之間就打開了？不到十秒就要七十塊錢？行了，這樣，你也別說了，給你二十，你穩賺了。你們這定價真是坑人，幾秒鐘就打開了還跟人要七十！」他拿出手機，一臉不耐煩，「來吧，二十塊錢轉過去給你。」

兩人僵持了老半天，鎖匠又急又氣。

老闆最後說：「要不然你打個電話問一問，反正就二十。其實二十都多了，一個三秒鐘的活，我一天累死累活才賺多少……」他轉身往店裡走，結果一轉頭，發現面前多了個人。

趙明櫟本來在看熱鬧，忽然一頓，看看身邊位置，居然空了。

她什麼時候過去的？

徐雲妮沒說什麼，伸手把門重新關上了。

老闆眼睛瞪大，那鎖匠怒道：「我、我不幹了！你、你愛找誰，找找找誰去！」他氣得直哆嗦，扣上帽子，騎著電動車走了。

老闆朝著那鎖匠喊了兩嗓子，沒喊回來，回頭對著徐雲妮罵：「妳他媽有病吧！妳給我打開！來！妳給我打開！」

徐雲妮說：「下次談妥價格再讓人幹活。」

說完，轉身往回走。

老闆在後面罵，嘴巴那叫一個髒，他撿了塊石頭洩憤一樣往徐雲妮腳扔，徐雲妮也沒理。老闆怒火中燒，上前兩步，要拉徐雲妮的肩膀。徐雲妮像背後長眼睛了一樣，轉過身抬手「啪」的一搧，把他手臂搧到一旁。

她說：「你想幹什麼？」

她動作太流暢了，超乎想像的俐落，老闆還沒回過神，她往前半步，再次問他。

「你想幹什麼？」

一見要起衝突，旁邊的鄰里開口勸了。

「哎，算了吧算了吧……」

老闆嘴裡仍然罵罵咧咧，倒沒有真動手。

回到早餐店，新的一籠豆沙包已經好了，徐雲妮打包結帳，拎著袋子回頭跟還傻愣著的趙明櫟說：「走吧。」

兩人帶著豆沙包回了醫院。

趙明櫟看著面前的人。

徐雲妮穿著一套淺色的居家睡衣，剛洗過的頭髮還沒有完全乾，梳到腦後，眼神語氣，都跟平日裡一樣，如果把畫面靜音，大概沒有人能聯想到她說話的內容。

「……你怎麼看？」說完的徐雲妮詢問趙明櫟的意見，「你覺得可行嗎？」

「可行啊！」這聽起來可比遊戲有意思多了，趙明櫟興奮道：「來，我們討論下細節，妳等我把遊戲退一下。」

事實上，趙明櫟覺得徐雲妮向他提出這種請求，很大程度上拉近了他們的關係。趙明櫟討厭死板，他喜歡腦子靈敏，愛玩花樣的人。

而且最關鍵的是，他最近超無聊。

月黑風高，殺人會議。

趙明櫟越說越有興致，志得意滿地說：「這事交給我妳放心！」他指了指自己，「史坦尼斯拉夫斯基體系，沉浸本色就行了！讓我想想……妳有那小子照片嗎？」

徐雲妮：「我去找找。」

與趙明櫟談妥後，徐雲妮回到自己房間，她坐在桌前想了想，用手機傳訊息給時訣。

『班長，你有阿京的照片嗎？』

大概半分鐘後，她收到一張照片——一張海鮮市場裡被人遺棄在保麗龍箱的腐爛魷魚特寫。

……他怎麼什麼都照？

她又傳：『我有正事。』

『妳跟他還有正事呢？』

『就一張，能看到臉就行。』

時訣沒有再回覆。

在徐雲妮以為話題結束了的時候，忽然彈出語音通話，她微微一詫，接通了。

「……喂？」

時訣開門見山：『妳有什麼正事？』

徐雲妮這計畫目前有點不好開口，隨口編撰道：「沒什麼，我有一個朋友在看練習生綜藝，很感興趣，我說我見過活的，他就跟我要照片看看。」

時訣評價：『妳真閒。』

他聲音沙啞，像是剛睡醒的樣子。

手裡忽然傳來一道女聲。

『時訣，你醒了嗎？我哥叫你。』

是崔瑤。

徐雲妮說：「沒事，你先去忙吧，我先掛了啊。」

她掛斷通話，看著檯燈照耀下的試卷，翹了一個小邊。

上哪找張阿京的照片先讓趙明櫟認認臉呢？

那天去SD的時候，她聽他們聊天，阿京的公司好像叫樂陽傳媒……

她拿著手機，去各個社群平臺上搜尋，在微博發現了這家公司，官方帳號關注的人不少，徐雲妮正嘗試一個個找，手機一震。

班長傳來一張圖片。

他手持著一張列印出來的資料表，上面有阿京的照片，還有他的各項履歷。

履歷上的證件照一看就是過度修圖，臉型眉眼修得極其用心。但說實在的，徐雲妮打心底裡覺得，阿京這張臉P得再精緻，也遠沒有照片裡露出的那半隻夾菸的手好看。

兩日後的傍晚。

五點多，SD舞社內。

時訣打著哈欠從二樓下來。

近一週他每天平均睡眠時間五個小時，嚴重休息不足。

他進了前檯，坐進沙發裡，正在腦子裡過一遍等等要上課的內容，聽見旁邊有人說話。

「你們這的卡是怎麼辦的？這是價格單？……啊，那先給我來個一年吧！」

這聲音實在爽朗過頭了。

時訣稍微轉過頭，一個年輕人，一身花裡胡俏，正在跟魏芊雯填報名表。他看起來十六七歲，個子不算高，很瘦，下吊眼，一臉玩世不恭的模樣。

魏芊雯少見這麼痛快的人，堆著笑，說：「帥哥，你之前有基礎嗎？」

年輕人說：「完全沒有，純新人，入門難嗎？」

魏芊雯說：「不難啊，只要有興趣一定學得會！如果你想打牢基礎，也可以選擇先體驗幾節私人教練，各個舞種都感受一下，我們這什麼老師都有，然後再選自己喜歡的。」

年輕人說：「行啊，體驗唄！我主要是想鍛煉身體，開開胃，增肥！」

魏芊雯說：「別人都來減肥，就你是來增肥的。」

年輕人笑道：「新鮮吧？」

大門又被推開，阿京進來了，到前檯裡拿水。

他在冰櫃裡翻了一下，說：「我的補充劑怎麼少了一瓶？」

魏芊雯回頭說：「昨天兒童班有小朋友看見了，沒見過想嘗嘗，當時我不在店裡，就直接拿了。」

ＳＤ店內的註冊會員是有免費飲品和零食的，休息區放置了咖啡機和茶包，都可以自行操作。要冰櫃裡的水時，跟前檯說一聲就行了。

阿京不滿道：「誰拿給他的？」

魏芊雯頓了頓。

時訣說：「我。」

阿京轉向他。

「你憑什麼把我的補充劑給別人？」

「誰知道是你的？」

「你——」

「別別別……」集訓課上了這麼多天，魏芊雯也知道這兩人不合，幫忙圓場，「到時候讓崔哥買幾瓶給你。」

阿京不依不饒，瞪著時訣，「這不是買不買的問題，你隨便動我東西不道歉嗎？」

時訣慢慢靠到沙發上，翹起二郎腿，笑著看他，「你下次買點補腦丸放裡面，我就知道是你的了。」

阿京一怒之下就要衝過去，魏芊雯趕緊拉住了，「哎哎！別別別！」

在戰況一觸即發之時，旁邊插來一道輕鬆的聲音，「表填完了，給誰啊？」

他一句適時解了圍，魏芊雯忙說：「給我就行！」她接過報名表，勸說阿京，「算我求你們了，安分一下吧！」

年輕人笑著說：「他們能吵起來妳也有責任啊，妳知道那是私人物品，離櫃前該跟其他人交代清楚啊。」

魏芊雯承認說：「對對對，這事怪我，是我疏忽了，對不起對不起啊，你們都消消氣。」

勉勉強強算是安撫下去了。

年輕人問：「私人教練都是一對一的嗎？沒有夥伴會不會無聊啊？」他看向阿京，主動打招呼，「帥哥，我看你跟我年紀差不多啊，」他問魏芊雯，「我能跟他一起上課嗎？」

阿京也正打量著趙明櫟。

趙明櫟這身行頭是他和徐雲妮根據角色定位精心訂製的，從頭武裝到腳，沒有一處不考究。這個「考究」不是指穿著搭配有多合適，而是完全投阿京所好，渾身都是搶眼的名牌。

本來趙明櫟剛才的發言就讓阿京有好感，這麼仔細一看，更生親近。

「靠！兄弟，你是來學跳舞的？」

趙明櫟也看了看自己，笑道：「怎麼了？」

「你也太誇張了，」阿京看著趙明櫟的外套，「這是最新秀款吧，已經開售了？」

「喲，識貨啊，這我上週剛拿到的，」趙明櫟面露喜色，「帥哥，要不然我跟你一起上課吧，也有個伴。」

阿京笑笑：「你沒基礎跟我可練不了。」

「啊？你是高級班的嗎？你跳得很厲害嗎？」

「你以為呢，」阿京看他戴的項鍊，忍不住又說：「這個我也有。」

趙明櫟撥弄一下項鍊：「這是聯名的，這牌子蠻小眾的，你在哪買的？」

「我……」阿京頓了頓，反問他，「你在哪買的？」

「紐約設計師工作室啊，還能在哪？」他朝旁邊撇撇頭，「你忙嗎？能聊聊嗎？你先跟我介紹一下這的教學品質，這你熟嗎？哪個班氣氛最好？」

「氣氛都差不多，主要看你喜歡什麼。」

兩人你一句我一句，一邊聊一邊往店裡走。

魏芊雯目送他們離去，回頭小聲對時訣說：「哎……你看見剛才那小子了嗎？太高調了，十個手指頭戴了八個戒指，不知道的以為薩諾斯呢！」

時訣沒說什麼，轉回眼來。

這晚，趙明櫟在ＳＤ報名了。

徐雲妮放學回家，趙明櫟正在休息，兩人聚在屋裡開總結會。

趙明櫟把手機給她，說好友已經加上了，一個腦殘。

徐雲妮翻了翻阿京的動態，都是他跟各種明星藝人的合影。

會議大概持續了半個多小時左右，把當天情況捋一捋，然後再調整接下來的步驟。

就這樣，在某些點對點的癖好支撐下，趙明櫟很快就跟阿京稱兄道弟了。

至少表面上是這樣的。

幾日後，阿京跟趙明櫟說自己約了個酒局，叫了幾個朋友，問他要不要去。

趙明櫟說到時看看情況。

當天晚上，趙明櫟去ＳＤ上晚課，上完一小時累得渾身是汗。他跟阿京碰頭，跟他說晚上有事去不了了。

他們在更衣室裡聊天，趙明櫟脫了衣服準備洗個澡，一邊不無遺憾地說：「哎，今晚要去爺爺家。」

他摘了手錶，放在運動包裡，就進了淋浴間。

洗完澡後，一身輕鬆，趙明櫟溜溜達達離開了。他在走廊裡碰見正跟人聊天的阿京，說：「你晚上好好玩啊，我先走了。」

阿京看看他的背影，總覺得少了點什麼，說：「哎你……」話到嘴邊，忽然又咽下去了。他等趙明櫟走了，回到更衣室，果然看見他遺忘在椅子上的運動包。他過去拉開，那支錶就躺在運動服上面。

這是徐雲妮和趙明櫟研究出的法子之一。徐雲妮覺得，阿京一個這麼在乎牌子的人，寧可戴支假錶，說明他很可能是非常喜歡手錶的。

不過這鉤有點太直了，他們都只當成試探。

沒曾想，阿京還真是條難見的淳樸之魚，見鉤就咬。

他將那支錶戴去參加朋友聚會了。

等晚上課都上完了，快關門的時候，趙明櫟殺了回來，要取運動包，結果發現錶不見了，找前檯詢問情況。

魏芊雯詫異道：「啊？不可能吧，你要不要再找找？」

趙明櫟說：「找什麼啊？把你們監視調來看看吧。」

魏芊雯調出監視，結果就看到了阿京的所作所為。

魏芊雯看得一腦門汗，她不想事情鬧大，還幫阿京打圓場。

「他沒跟你說嗎？應該是想借出去炫耀一下，他那人你還不知道嗎？虛榮得很，吃完飯應該就拿回來了，到時候我替你說他。」

趙明櫟手指頭敲敲前檯：「不告而取是為賊。」

魏芊雯一頓，說：「有點誇張了吧，你們不是朋友嗎？」

趙明櫟冷笑道：「朋友？妳見過這種朋友嗎？隨隨便便拿人東西？這事我絕對追究到底。」

魏芊雯隱隱覺得有些不妙。

後方，時訣抱著手臂靠在冰櫃前看著這一幕。

魏芊雯對他使了個眼色，意思是你倒是勸一勸。

時訣說：「你是想報警還是怎樣都隨便，但這是你自己沒把包放到櫃子裡，丟東西是你跟他的事。」

趙明櫟瞥他一眼：「我也沒說跟你們有關啊，誰幹的我找誰。」

魏芊雯看著實在沒辦法，先聯絡了崔浩，又通知了阿京。

阿京先回來的，他回來的時候沒太當回事，跟趙明櫟打哈哈。

「兄弟，不好意思，忘了告訴你了，我就是想試試看效果，戴著合適我也打算買一支。」

趙明櫟差點沒笑出聲來，說：「你說試就試？自己少瓶營養劑就受不了了，偷別人東西怎麼這麼順手啊？」

阿京一愣，感覺趙明櫟忽然之間整個神態都變了，臉上的笑很諷刺，陌生得很。他眉頭緊了緊，說：「你這話有點難聽了吧，什麼叫偷東西，我這不是拿回來了嗎？」

趙明櫟說：「拿回來就行？誰知道有沒有問題？我明天帶錶去做鑑定，要是有損傷我肯定報警。」那錶在他手裡晃著，「你也識貨，什麼價你自己心裡有數。」

阿京臉色難看至極：「你這就沒意思了啊，這事是我欠考慮了，但我就借一下，這麼一下能有什麼損傷，你是不是想騙錢啊？」

趙明櫟「嘿」了一聲：「你先去查查盜竊罪量刑標準，我們再談騙錢的事。」

阿京震驚道：「盜竊？怎麼是盜竊呢？我都拿回來了！」

趙明櫟摸摸耳朵，說：「你別跟我叫，自己去查，查完量刑標準，再查查法律描述，看你說的『還回來了』有沒有用？」

阿京情緒激動，加上晚上喝了酒，激得脖子通紅。

「你到底想幹什麼啊！」他吼道。

趙明櫟奇怪道：「你別問我啊，你簽公司了是吧，自己能處理嗎？處理不了趕緊走人吧，換個明白的來。」

趙明櫟的臉上一點也瞧不出對手錶的關心，說話不急不徐，卻步步緊逼，完全沒有轉圜的餘地。

過一下崔浩也趕回來了。

他已經從魏芊雯那知道了事情，放下東西，對趙明櫟好聲相勸，也沒勸動。

阿京被搞得要爆炸了：「靠！就這麼點事，我承認我錯了還不行嗎？報什麼警，你至於嗎！你真想要錢私了我們就說個數字！」

在他跟趙明櫟較勁的時候，崔浩來到前檯，看了魏芊雯一眼。

魏芊雯跟他多少年的老熟人了，一下就明白了，小聲說：「把監視刪了？」

時訣走過來，背對著趙明櫟他們，靠在櫃檯上，「哥，別管。」

崔浩最後沉沉嘆了口氣，瞄了阿京一眼，低聲罵：「我真他媽服了！我跟李雪琳說一聲。」

魏芊雯開導他說：「這也怪不得我們，是他自己犯錯。要不然趕緊讓樂陽把人帶走吧，真報警了，影響多不好啊。」

趙明櫟看他們聚一起說話，也不在意，表明了態度就離開了。

阿京點了菸，蹲在走廊裡抽。

崔浩沒辦法，聯絡了李雪琳，來龍去脈一說，李雪琳也很生氣。她先跟崔浩道了歉，讓他把人先送走，只留若依繼續上課，然後再看看情況，如果趙明櫟還繼續糾纏，公司那邊會派個法務過來溝通。

阿京也被趙明櫟說的報警弄怕了，接了李雪琳電話，大半夜就收拾東西走了。

舞社眾人又折騰一宿沒睡。

第二天一早，趙明櫟來了。

大夥原本以為趙明櫟知道阿京跑路的消息會鬧起來，沒想到他聽完，竟然樂了，說：「啊？這就跑了？真好笑。」

魏芊雯試著問：「帥哥，你那錶沒事吧？」

趙明櫟：「哦，沒事啊，我就是過來通知你們一聲。」

魏芊雯心中巨石落地，長出一口氣，感嘆道：「哎呦，你下次別帶這麼貴重的東西來了，多危險啊！」

「哈，不好意思，虛驚一場，姐，沒影響你們做生意吧。」

「沒沒沒，東西沒事就好。」

隨便寒暄了幾句，趙明櫟就準備走了。

魏芊雯看著關上的大門，心有餘悸道：「幸好沒事，我要去訂個牌子，寫上貴重物品隨身保管。不過這小夥子真奇怪，昨晚那麼不依不饒，今天居然這麼好說話……」

她這邊念叨著，一旁沙發上沉默看著的時訣忽然起身往外走。

他推開大門，左右看看。

趙明櫟還沒走遠，拿著手機一邊看一邊往路口走。

趙明櫟的肩膀被人拍了一下，他回過頭，另一側晃過一道影子，然後手機就被人抽走了。

「哎？哎哎哎！幹嘛啊？」趙明櫟想去搆手機，但肩膀被時訣抓著，長臂一伸推出老遠。

手機螢幕上，是一個遊戲諮詢網站。

「還我還我！搶劫是吧？」趙明櫟嗷嗷叫喚，時訣轉頭看他一眼。

趙明櫟硬是被他這眼看閉嘴了。

時訣從手機下面拉起分頁，找到聊天軟體點進去，沉默兩秒，又退出去了。

趙明櫟的角度看不到螢幕，不知道他在幹嘛，就趁時訣一頓之際，快速突圍，把手機奪了回來。

他不高興地說：「你怎麼搶人東西呢？」

時訣眼神往旁邊的人行道瞄了瞄，靜了一下，又看回來。

他抬起指尖搔搔下頜。

一個小小的動作，卻讓趙明櫟察覺周圍氣氛沒那麼緊張了。他把手機揣口袋裡放好，進一步控訴：「要麼偷東西要麼搶東西，你們開黑店啊？你比阿京還過分！」

「哎，」時訣不太滿意似的，「怎麼拿我跟他放一起呢。」

趙明櫟不知道時訣是不是察覺了什麼，但他不說，他就接著裝傻，撇嘴道：「我走了。」

時訣抬抬下巴，意思自便。

趙明櫟走了兩步，又停下了，回頭打量時訣。他將他從頭到腳看一遍，然後發自肺腑地說了句：「哥們，其實第一天見你我就想說了，你真他媽夠帥的！」

時訣：「你也不差。」

趙明櫟晃晃手指頭：「NONONO……客觀講，跟你比還是差點，你說我要學多長時間舞蹈才能像你這麼帥？」

時訣淡淡看著他，驀然一笑：「不用那麼辛苦，把錶戴上就行了。」

「哈哈！」趙明櫟被逗得直拍手，說：「你別誤會啊，我可不靠那個！」他拍拍自己胸口，煞有其事，「我是靠人格魅力，走了！」

他說完，去路口叫車離開了。

時訣沒走，他在原地留了一陣子。

現在是早上八點多，對於這片商業區來說，還是沉睡的。今天有點陰天，放眼望去，整個街區像罩上一層紫灰色，飽和度很低，泛著很淡的冷色調。

時訣站在那，沒什麼表情。

這張臉，一旦素靜下來，就顯得十分拒人於千里之外。

過了一陣子，他拿出手機，打開某個畫面。

最後的內容停留在多天前，他傳阿京的資料給她，然後她回覆了一個OK的貼圖。

他又往上滑了滑。

看到她之前傳給他的影片，那個五六秒鐘，他跟三個人打架的影片。

……那晚都說了什麼？

算算日子，其實沒過去太久，但可能最近暈頭轉向，他感覺過去好一陣了，什麼都記不清。

路邊的小樹枝椏上停了一隻麻雀，牠梳著毛，蹦躂了幾下，然後飛走了。

時訣站了片刻，轉身回去店裡。

再出來的時候，一身衣服已經換成了校服。

秋高氣爽。

美麗的華都操場上，正在排練合唱。

徐雲妮也在其列，甚至被安排到後排中間的位置，王泰林錄過太多次了，經驗豐富，告訴她這幾個位置上鏡最明顯。

「所有的目光，聚焦於妳！欻欻欻欻欻欻欻欻——！」

離譜。

徐雲妮不知道自己為什麼會被安排在這，對此，王泰林的解釋是：「別看我們主任老花眼，經驗還是豐富，撥開現象看本質，什麼外形上相一眼就能看出來。」他評價徐雲妮，「妳雖然土了點，但小頭小臉，脖子又長，正適合出鏡。」

徐雲妮站了C位，壓力劇增。

王泰林就在她身後，也算是男生的中心位，看她在那瘋狂翻樂譜，說：「翻什麼呢，妳看得懂嘛？」

徐雲妮不說話。

王泰林笑道：「要不然我教妳唱校歌吧，妳乾背詞肯定能看出來的，妳這位置太顯眼了。」

徐雲妮：「能看出來？」她回過頭，有點懷疑，「不是說就錄個影嗎？這也能看出來？」

王泰林逗她說：「當然了，妳是外行不懂，朗誦跟唱歌的韻律能一樣嗎？氣息差太多了。妳放心，校歌簡單得很，一個小時就能學會。這樣，我也不收妳學費了，就三頓飯吧，算便宜妳了。」

徐雲妮：「行。」

他拿譜拍她：「叫師父！」

「哎……」徐雲妮把他撥弄開，「過分了啊。」

隊形擺得差不多了，領隊的老師帶著排了幾遍，主任不太滿意，覺得氣氛不夠熱烈。他讓學生們先解散，回去再練練表情，下次挑個時間接著練。

「要笑！各位！」主任用力拍手叮囑，「我們這是錄影！調可以跑，後製再調，但笑的一定要好看！」

周圍同學懶洋洋地附和著。

徐雲妮沒有動，還在研究手裡天書一樣的譜。

前方傳來主任興奮的聲音。

「……哎！你來了，太好了！我告訴你，你躲外太空也沒用，演奏位你跑不掉！」

「主任，我跑哪啊，你們先排著。」

徐雲妮聽見這聲音，抬起頭。

其實也不算抬頭，因為她還站在排練架上，她的位置比較高，稍微把視線抬起來一點，就看到來到隊伍前方的時訣。

一陣秋風從操場的東邊吹到西邊，一路上吹動了很多東西，藤藤蔓蔓、校服衣擺、手裡的樂譜、額前的碎髮，還有周圍人窸窸窣窣的話語。

不得不承認，有的人每一次出場，都像是老天精心安排。

時訣走到隊伍正前方，正中心，停住，朝上面揚揚下巴。

「有什麼要跟我解釋的嗎？」

周圍的視線瞬間都投射過來。

徐雲妮拿著譜，左右看看，還跟後面的王泰林對視了，王泰林說：「妳。」

她轉回來，時訣說：「下來。」

徐雲妮站著沒動。

時訣說：「妳想在這說也行。」

他反正是無所謂的。

徐雲妮想了想，收起樂譜，下了排練臺，兩人往外走。

後面有同學聚在一起小聲討論。

徐雲妮與時訣沒走太遠，來到操場外側，靠近圍欄處。

圍欄外長著一棵樹，樹很高，也很茂盛，半邊樹冠支到校園裡，半邊留在外。

他們已經停下了，徐雲妮以為他會開始說話，但他就那麼看著她。

徐雲妮的心裡隱約有了預感。

「你找我來幹嘛？」她先開口道。

「不幹嘛，問妳件事。」

「什麼事？」

「妳朋友的練習生綜藝看得怎麼樣了？」

她身體稍稍往後靠了靠。

果然，東窗事發。

徐雲妮：「你都知道了？」

時訣：「知道什麼？」

徐雲妮腦子稍微有點亂，時訣突然出來說這個，她沒什麼準備。

「你們那邊什麼情況了？有什麼紕漏嗎？小帥被發現了嗎？」

她一連串的詢問，語氣很謹慎。

時訣本想嚇嚇她，話到嘴邊，看看她那副認真的樣子，又停下了。

他看向一旁，說：「阿京走了，妳朋友跟妳說了嗎？」

「他已經走了？」徐雲妮聽到這個，稍安下心，「那還挺順利的。小帥還沒跟我說呢，昨天晚上他回來的時候說阿京上鉤了，明早再看看。然後今早我出門的時候他還沒起床。」

時訣視線轉回來，看著她不說話。

徐雲妮覺得時訣可能沒睡夠，整個人透著股倦怠，但還算放鬆，眼睛半開半闔，沒什麼表情。

遠處的操場，排練的學生漸漸散去。

校園重新恢復寧靜。

「阿京發現了嗎？」徐雲妮問。

「沒。」他問：「妳費那麼大力氣整他幹什麼？」

徐雲妮回憶道：「你記不記得我去找你那晚，你反覆激怒他，他明顯還是不爽，我怕他會再搞些小動作。」

時訣：「所以呢？」

徐雲妮：？

時訣：「他搞不搞動作，關妳什麼事？」

這個稍有點刺的反問讓徐雲妮頓住幾秒，看著他的臉色，「什麼意思？你覺得我多管閒事了？」

時訣輕嗤一聲：「我可沒這麼說。妳整他就整了，為什麼不告訴我？」

徐雲妮：「你不知道的話，這事成不成都跟你沒關係，也跟你們店裡沒關係。要是沒成，小帥就當去鍛煉身體了。他年底要出國，現在天天宅在家裡打遊戲，一天就吃一頓飯，他爸爸經——」

「妳跟他什麼關係？」他打斷她。

「誰？小帥嗎？」徐雲妮說：「我們……算是姐弟吧。」

「『算是』？」

「對，我們是重組家庭，我媽媽跟他爸爸在一起。」

時訣沒說話。

他好像不太想說什麼了，但也沒有要走，就站在那，像是放空了。

清清涼涼的秋晨，讓人的腦子比往常通透。

也許是這場景太過靜謐了，逐漸讓徐雲妮進入一種怪妙的思緒裡。

她看著眼前的人，腦子裡不自覺地過了一遍與他認識至今發生過的事……她覺得時班長是個優缺點都很鮮明的人，他天資優越，但又時常仗著條件而略顯輕浮，他玩心甚重，卻也有著明確的目標和該有的擔當。

你不能說他是個完全真誠的人，但也絕對給不出他很差勁的評價。

思來想去，徐雲妮有點意外地發現，她心中關於時訣的天秤，好像早已偏向了欣賞的一端。

今日天氣不錯，雖然陰，但很清澈，像一層薄薄的紫紗，蒙在那張乾淨的面龐上。

他注意到她的視線，眼神移了回來，任她打量。

在這麼對視了數秒之後，他們幾乎同時開口。

「妳——」

「時訣。」

徐雲妮這一聲喚出，兩人都頓了一下，經過短暫的記憶過濾，他們都意識到，雖然她轉來有一段時日了，也與他有過私下接觸，沒事就假模假式喊兩聲班長，但這確實是她第一次叫他的名字。

時訣難得在她發言之前，就「嗯」了一聲。

徐雲妮：「我們能交個朋友嗎？」

風吹得頭頂的樹冠嘩啦啦作響。

頂著一張泰然自若的臉，什麼話都說得出口。

時訣緩吸一口氣，清冷空氣充斥肺腑，他的視線慢慢從她的臉，移開到天邊。

天是煙紫色的，沒有陽光，卻透得彷彿能看清九天繁星。

「班長？」

「妳差不多得了，」時訣有點麻了似的，「我雞皮疙瘩都起來了。」

……肉麻嗎？

徐雲妮後知後覺，指節蹭蹭下巴。

時訣在那邊念念這個詞：「朋友……」他又問她，「妳為什麼要跟我做朋友？」

徐雲妮坦誠道：「我覺得班長你非常優秀。」

時訣恍然：「這樣啊。」

他兩手插口袋，溜達到一旁。

校園圍牆中間是焊在一起的鏤空的鐵桿，他坐到半公尺多高的石欄裡，兩條長腿叉開，靠著鐵桿看著她。

恰時一陣風過，裹著透徹心扉的秋冷香，攜著她幾縷額頭和鬢邊的髮絲，黏在眼角嘴角。

時訣說：「那要不要跟我交往看看？」

他這話問完，三秒後，徐雲妮才把話輸入腦子一樣，眼睛慢慢睜大。

她的皮膚其實很不錯，乾爽，通透，有點霧面的質感，鼻子和嘴唇都很端正，黑漆漆的眼睛，直勾勾地盯他老半天。

他有點嫌她反應慢，右手從口袋裡抽出來，身體靠前，輕輕一搧，打在她垂在一側的右手心裡。

「問妳話呢，願不願意？」他說。

手心絲絲麻麻的，觸感從手臂一直傳導到全身，連頭皮都跟被扎了似的。

他的手臂怎麼這麼長？上次吃飯的時候也是，簡簡單單就能碰到她。

腦細胞已經調動了幾輪了，徐雲妮還是沒搞懂，為什麼會出現當下這種情況。

在徐雲妮尚且年輕的心緒中，總習慣為各式各樣的事件找尋邏輯起點……

難道就因為她幫了他的忙？是不是有點太兒戲了？這種話對他來說簡直像喝水吃飯一樣張口就來。

「班長，」徐雲妮對他說：「你又開始了是吧？你在開我玩笑嗎？」

時訣沒開口，平平地看著她。

靜默的視線裡，帶著點他尋常的冷淡調子。

徐雲妮忽然有些迷茫了。

茂密的樹冠下，安靜的操場角落，一個這樣近在咫尺的人物……徐雲妮心想，不論他出於什麼心情說出這些話，這可能都是個要被記住很久很久的場景。

那陣風又颳起來了。

她久久不言，時訣說：「什麼叫開玩笑，不是妳先說要做朋友嗎？」

「我的意思，」徐雲妮說：「不是那種『朋友』。」

靜了一下，時訣說：「哦，那是我誤會了，普通朋友不是隨便做？還用得著特殊問一遍。」

徐雲妮沒說話。

片刻後，時訣踢了踢地上的碎石子，驀然笑了一下，又是那種嘴角向下拉的笑容，伴隨著睨向一旁的視線。

不等徐雲妮品出他這神色的意思，他再次轉過來時，又恢復成平日裡輕描淡寫的模樣。

「這事謝謝妳了。」他說：「還有妳弟弟，也替我謝謝他。」

「好。」

他突然這麼正式道謝，徐雲妮有點不適應，跟他說：「小帥好幾次說你帥氣，還說想認識你。」

「行啊，有時間約出來一起吃個飯。還有，下次別這麼冒險了，那麼貴的錶，真的壞了怎麼辦？」他收回腿，站起身，淺笑著說：「我可賠不起。」

……這頁算是揭過去了嗎？徐雲妮總覺得，他好像有點不高興。

「班長，你……」

「會唱嗎？」時訣示意她手裡的東西，打斷她的思緒。

徐雲妮拿起樂譜：「不會。」

時訣伸手，徐雲妮將譜遞過去。

時訣隨手翻翻：「妳識譜嗎？要不要幫妳改成簡譜？」

徐雲妮說：「簡譜我也不識，王泰林說他能教我唱，他說這曲子很簡單，一個小時就能學會。」

時訣一頁都還沒翻完，停在那，抬眼看她。

徐雲妮：「怎麼了？」

他忽然吐出一口氣，嘴角是勾著的，眼睛卻全無笑意。

「徐雲妮……」他輕聲點名。

「嗯？」

他感嘆：「真會啊。」

「什麼？」

上課鐘聲忽然響起，時訣把譜合上，還給她，同時說：「回去吧。」

「不是，班長——」

不等她說話，時訣已經邁開步伐。

兩人一起往教學大樓走。

一路上，徐雲妮叫了他幾次，他完全不理會。

直到走到班級門口，徐雲妮就差半步進教室了，時訣忽然堵在前面，看她一眼，問：

「妳幹嘛？」

徐雲妮疑惑道：「什麼幹嘛？」

時訣：「妳回我們班幹什麼？」

徐雲妮懵了：「什麼？」

時訣：「妳不是要去找王泰林學歌嗎？」

徐雲妮：？

時訣：「妳該去七班啊。」

徐雲妮：「……」

時訣淡淡道：「去啊。」

徐雲妮啞口無言。

他翻她一眼，進了教室。

她大體上知道了他發飆的根源。

那狹長的眼睛冷冷一睨，像極了一隻領地被冒犯的野狐狸。

第九章　班長，你愛哭嗎？

缺覺大師睡了整整一上午。

下午。

時訣上到第三節課就走了，雖然阿京已經不在了，但集訓課還沒結束。

晚上放學，徐雲妮在回家的路上收到時訣的訊息。

他轉給她七千多塊錢。

徐雲妮問：『這是什麼錢？』

他好像在忙，隔了十來分鐘才回覆。

『妳弟弟的卡。』

徐雲妮還是沒收，打算回去跟趙明櫟確認一下。

到了家，趙明櫟正在打遊戲，徐雲妮知道他愛喝麥片，去廚房幫他煮了一杯。

徐雲妮拉著趙明櫟又聊了一陣子，因為她跟時訣的談話內容跑偏了，整個事件細節只能從趙明櫟這打聽。

「妳都不知道那個阿京，」趙明櫟是一萬個看不上他，「嘖，張嘴閉嘴認識這個老闆，認識那個製作人的，飄到不行！昨晚讓我爽完了，哈哈！以後要是再有這種潛伏任務妳再安排給我，太有意思了！就是這課有點累，上得我渾身疼，我是真的不適合運動……」

「辛苦你了，」徐雲妮說：「時訣說有空想找你吃飯。」

「行啊！我也想認識他呢！妳別說，妳朋友真他媽帥！不怪妳要幫他！」

當初，徐雲妮跟趙明櫟的說辭是，她想幫一個朋友解決點麻煩。

對於時訣本身她沒有說太多，不過，趙明櫟第一天就認出了誰是這個「朋友」。

徐雲妮沒說話，趙明櫟又說：「哎，要是出去吃飯，妳讓他帶幾個舞社的妹妹唄。」

趙明櫟眼睛放光，「那個叫瑤瑤的，長得超好看，唱歌也好聽，聲音特別空靈！就是太內向了，都說不上話，我看她很黏時訣，能讓時訣把她叫來嗎？」

徐雲妮說：「瑤瑤還是小孩呢。」

趙明櫟：「我也是啊！我只比她大三四歲！」

徐雲妮：「你見過她哥吧？」

趙明櫟卡住幾秒，似是回憶起了ＳＤ那位當家的大哥，又坐了回去。

「……行吧，算了。」

正聊著，手機震了一下。

徐雲妮把趙明櫟喝完的麥片杯拿過來，說：「我再幫你弄一杯。」

徐雲妮拿著杯子去廚房，把牛奶倒到鍋裡，打開火，然後在灶臺前，拿出手機看。

時訣再次提醒她：『把錢收了。』

徐雲妮才想起來，那轉帳還沒接受呢。

她收了錢，時訣問她：『妳幹嘛呢？』

『跟小帥聊天，他答應吃飯了，他還想讓你吃飯的時候帶上瑤瑤。』

『行啊。』

徐雲妮有點驚訝。

『你哥能同意嗎？』

『不能，但騙他很容易。』

徐雲妮輕哧一聲，反問他：『班長在幹嘛呢？』

片刻，時訣傳來一張照片。

他坐在舞蹈練習室的地板上，靠著牆壁，朝前拍照。屋裡亮著暖黃的燈，從前方的鏡子能看到，他穿著黑色偏緊身的短袖，戴著一頂帽子，支起一條腿休息。帽檐擋著，看不太清眉目，他應該是剛上完課，搭在腿上的手臂有一層薄汗，身體姿態很放鬆。

『你剛上完課？』

『嗯。』

『你天天這麼上課肌肉會痠痛嗎？』

『還行。』他答完，又問一句：『妳弟痠痛了？』

『有一點。』

『讓他局部熱敷，如果身邊有那種瑜伽用海綿滾筒和狼牙棒，可以做個放鬆。』

牛奶好了，徐雲妮倒了麥片，接著熬煮，一隻手回覆訊息。

『小帥很瘦，他爸一直想讓他鍛煉身體，但他有點懶，要不然卡都不該退，應該讓他繼續鍛煉。』

『他想來可以來，不用辦卡。』

徐雲妮一頓。

『這麼好嗎？』

『妳想來也行。』

徐雲妮再次頓了頓。

『我去幹嘛？』

『來舞社不學跳舞，妳還想幹嘛？』

『我學跳舞？』

『不喜歡嗎？』

也不是不喜歡……

『我去上課多少錢？』她問。

手機再次震動，這次居然是則語音。

徐雲妮點開。

他的聲音明顯是在笑：『不要錢，徐雲妮，妳學成了來我面前跳一段，我還可以給妳錢。』

徐雲妮緩吸了口氣，放下手機，感覺剛剛貼過的臉頰隱隱發熱。

崔浩形容時訣，說他有時候有些欠打，知弟莫如兄。

不過……

徐雲妮看著煮開的麥片，又想到一點。

班長的氣，來得快，散得也快。

這點倒是讓人覺得很輕鬆。

這個懵懂而迷惑的清晨，漸漸融進了平靜的生活中。

上上課，寫寫題，考考試。

徐雲妮想把欠時訣的那頓飯補了，跟他約時間，結果好幾次都湊不到一起。時訣的集訓到了最後階段，學校舞社兩頭跑，經常不見人影，好不容易有空兩天，徐雲妮又因為合唱錄影的助手工作，午休時間經常被音樂老師叫走。

時訣說的沒錯，所謂助手完全就是打雜，尤其是徐雲妮不需要集訓，看似時間更充足，就充當了終極工具人。她要打掃庫房，還要整理樂器，把譜架什麼的都擦得乾乾淨淨，然後搬到學校小禮堂去。

結果搬完沒兩天，校長突發奇想，又想要在操場上弄。

藍天白雲國旗下，青春洋溢把歌唱。

又開始新一番折騰。

一天中午，下午第一節課鐘聲都要響了，徐雲妮才匆忙忙從禮堂跑回來。跑到教學大樓門口，後面一聲喊：「哎！」

徐雲妮回頭，是時訣跟吳航剛從外面回來。

三人一起往班級走。

時訣看著跑得滿頭汗的徐雲妮，說：「妳去幹什麼了？」

「去音樂教室了，」徐雲妮跑得直喘粗氣，「老師說有一批樂器要做維修保養。」

時訣打量她：「妳會維修樂器嗎？」

「不會。」

「哦，我會。」他又問，「那妳會保養樂器嗎？」

「……不會。」

「哦，我也會。」時訣笑著說：「那妳怎麼看起來比我還忙呢。」

徐雲妮斜眼看他，心說音樂老師喊你你也不來啊。

吳航在旁樂，說：「黃老師真行，就逮著新人用！」

徐雲妮說：「都是休息時間，不耽誤上課和自習，我正好學點新東西。」

他們轉進走廊，時訣朝吳航抬抬下巴，吳航把手裡拎著的袋子拿起來，這是校門口便利商店的袋子，時訣從裡抽了瓶水給徐雲妮。

徐雲妮伸手接，他拿開點，然後又拿過來，徐雲妮再抓，又抓空了。

已經擦了一中午地的徐雲妮停住腳步。

時訣嫌她有點玩不起似的，輕飄飄看她一眼，把水插到她的校服衣口袋裡。

回到座位，徐雲妮拿出涼絲絲的飲品，一口氣灌了半瓶。

第二天中午，好不容易沒事了，剛下課，劉莉就過來找她吃飯。

他們在校門口等蔣銳，碰上了時訣。

徐雲妮抬手招呼，「班長！」

時訣停住腳步。

徐雲妮問：「你是要去吃飯嗎？」

他說：「是。」

「一個人？」

「嗯。」

「要跟我們一起嗎？」

時訣靜了一下，走過來，說：「今天店裡事多，我要去幫忙。」

徐雲妮：「那可以去你家吃。」她轉頭看其他人，「去吃麵，可以嗎？」

劉莉還不知道發生了什麼，看向王泰林。王泰林屬實沒想到徐雲妮突然喊了時訣，更沒想到時訣真的這麼走過來了。

但這麼隨口一聊，又感覺挺順的。

「行啊，去唄，好久沒吃麵條了。」

陽光晴好，悠悠哉哉，等蔣銳一到，五個人一起去了常在麵館。

進了店，剛好有個空桌，劉莉一個健步衝過去，把桌占了，「快來快來！」

他們走過去，四個人都入了座，時訣站在桌邊，問他們：「你們吃什麼？」

王泰林樂了：「什麼意思？你要幫我們點餐啊？」

時訣說：「我要去幫工人裝洗碗機，你們先吃，吃什麼？」

「我要番茄牛肉麵。」徐雲妮率先發言，並推廣，「強烈推薦。」

「那我們也番茄牛肉麵吧，」王泰林拍板了，「時老闆，四碗！」

時訣點點頭就進廚房了。

新洗碗機昨天才到，今天安排上門安裝，只來了一個人，動作慢，時訣脫了校服，幫他一起拆裝。

劉莉和蔣銳悄悄回頭看他，然後轉回來湊一堆，小聲琢磨道：「有點詭異啊，怎麼叫上他了？」

徐雲妮也湊上前，問：「怎麼了？你們不想跟他一起吃飯嗎？」

「也不是，」劉莉說：「就……」

蔣銳補充：「就是挺突然的，之前從來沒吃過！」

別說吃飯了，上學兩年多，他們跟時訣說話次數屈指可數，他們不是同個班的，最多是學校有活動一起參加，但也沒有過多交集。

王泰林倒是因為在校很活躍，跟他有些聯絡，但也稱不上很熟。

徐雲妮問：「你們叫過他嗎？」

「……肯定沒啊。」

「沒叫怎麼一起吃？」

硬說，是這麼個道理。

徐雲妮取出濕巾，一人分一片擦手。

劉莉朝王泰林揚揚下巴：「王哥，你把譜帶出來了？準備在這教啊？」

徐雲妮撕衛生紙的手一頓，餘光稍微往後廚方向動了動。

「啊，」王泰林把樂譜放到桌上，問徐雲妮，「妳校歌到底還學不學了？馬上就要錄影了，沒幾天了。」

「這幾天太忙了，我在想要不……」

王泰林敲敲桌子：「找什麼理由，叫師父！」

靜了靜，徐雲妮叫了一聲。

劉莉評價說：「像在招呼計程車。」

王泰林不滿道：「語氣不對，重叫。」

徐雲妮：「王師父。」

蔣銳哈哈兩聲，說：「這樣像叫修冷氣的。」

王泰林：「妳誠心的是吧？」

徐雲妮：「肯定誠心的啊。」

王泰林發出危險的一聲：「嗯——？」

徐雲妮馬上說：「我的意思是，我是誠心學的。」

他們這桌離廚房很近，說話聲裡面都能聽見，吳月祁聽著他們在外面拌嘴，笑了一下。

時訣剛跟安裝工人把洗碗機位置調整好，吳月祁對他說：「你先跟你同學吃飯，吃完再弄。」

時訣洗洗手，端了兩碗做好的麵出去，放在桌上。

徐雲妮正在那哄不滿的王泰林，「別生氣，王老師，我叫王老師總行了吧？」

桌子是四人位的，兩男兩女各一邊。時訣拉來旁邊一桌，拼在一起，他坐在單獨那桌，王泰林身邊。

王泰林拿手裡的譜，隔桌敲徐雲妮，說：「逆徒！」

徐雲妮往後躲：「別動手啊。」

蔣銳指著那兩碗麵，問：「誰要啊？」

徐雲妮馬上示意他給王泰林，王泰林不要，說：「都什麼時候了，妳這個樣子怎麼吃得下飯的！」

他專心制定教學計畫，老師沒吃，學生當然也不能吃，徐雲妮就跟蔣銳說：「你們先吃吧。」

蔣銳和劉莉就一人分了一碗。

王泰林問：「妳歌詞背下來沒？」

徐雲妮說：「倒背如流，就是沒記住調子。」

「哦，調啊，先跟妳說下基本的吧。」王泰林拿著譜隨便翻翻，「我們的校歌啊，調是普通C大，知道什麼叫C大嗎？」

徐雲妮搖頭。

王泰林：「不重要，妳——」

「……欸？」對面的劉莉也聽著課，面露遲疑，「我們校歌……」

王泰林：「怎麼了？」

劉莉求證地問蔣銳：「我們校歌的調是C大嗎？」

蔣銳忙著吃麵，擺手道：「不知道，我樂理八百年前就放棄了。」

「肯定是啊，」王泰林把譜轉過來給她看，「不升不降，它不是C大是什麼？」

劉莉說：「有可能是A小呢？」

「啊？」王泰林眉毛一豎，劉莉立刻反應過來了，這不是拆臺嘛。她馬上說：「哦，不是，我記錯了。」

「妳別，」王泰林還挺較真，「說明白。」

「我也不確定……」劉莉說著說著，眼神就往時訣那邊瞄，馬上又挪開了。

時訣坐在那，一直很安靜。他疊著腿，手肘拄在桌面上，撐著下頜，只露出一雙下垂的眼睛，平平常常斜視著這邊。

王泰林頓了頓，問時訣：「什麼調？你知道嗎？」

時訣一動也不動：「你說的是調性吧。」他朝劉莉輕揚下頭，「調性就是A小。」

「啊對！」劉莉也反應過來了，「是調性，哎，這堆破概念總記錯！」

一陣尷尬的安靜。

「我……」徐雲妮先開口了，「我好像聽懂了。」

王泰林瞪著眼睛：「妳能聽懂個屁！」

「真懂了，王老師，」徐雲妮認真地說：「您一句重點錯了兩個地方。」

時訣舔舔嘴角，看向一旁。

蔣銳正吃麵呢，聽了這話實在忍不住，一口噴了出來！

結果，坐在對面的徐雲妮就遭了大殃。

她皺著臉往後一縮，雙下巴都擠出來了。

「咳！咳咳……」蔣銳嗆到了，咳嗽不斷，劉莉嫌棄地捂住自己的碗，大罵道：「靠！你朝旁邊咳啊！」蔣銳朝旁彎著腰咳嗽，徐雲妮已經抽出了衛生紙，看他太慘，又抽幾張，先遞過去給他，說：「你慢點，別嗆氣管裡了。」

蔣銳看著她：「……謝，謝謝。」

「哈哈！」王泰林看著徐雲妮的慘樣，幸災樂禍道，「該！這就是妳不尊師重道的下場！」

徐雲妮說：「王哥，有點小心眼了啊。」

王泰林把樂譜往桌上一放，大剌剌道：「妳不用管它什麼調，不重要！會唱就行！」

劉莉興奮地說：「對，妳直接讓王哥唱吧。」

徐雲妮非常捧場：「好，王老師，展示一次吧。」

王泰林哼哼兩聲，把譜拿回來了。

一個運氣——又滯住了。

餘光裡，有道身影實在是影響他。

其實時訣只是安靜坐在那，姿勢都沒變過，完全談不上影響。

但王泰林就是突然彆扭，他感覺自己現在狀態不是最佳，也沒開嗓，直接唱歌，有可能發揮不好呢。

莫名其妙，他在時訣面前，還挺有包袱的。

這個時候，吳月祁救了他，她探出頭喊他們取餐，王泰林瞬間把譜放下了，淡淡道：「先吃飯吧，餓了。」

香噴噴的番茄牛肉麵擺在面前，徐雲妮開始加料。

王泰林看著，說：「妳怎麼這麼愛吃醋？」

「對，」徐雲妮一碗麵差點倒了半壺醋進去，「吃麵條我就離不開醋和香菜。」

蔣銳附和道：「我也愛吃這兩樣！」

他們吃著麵，在那閒聊，聊到考試的事，徐雲妮問：「你們藝術考試什麼時候開始？」

劉莉說：「是十二月，那時候妳可能都轉走了吧。」

徐雲妮說：「有可能，我也不確定。」

時訣正在往麵裡添辣椒油，聞言手頓了頓，看過來，「轉走？」

劉莉說：「她是轉錯學校才來華都的，你不知道嗎？」

時訣看著徐雲妮，「我不知道啊。」

徐雲妮也是一愣，想起來好像還真沒跟他提過，「沒來得及跟你說。」

於是她把轉學的烏龍事件又講一遍。

「華衡？」時訣聽完，評價說：「這也能轉錯？」

王泰林：「是吧！我們當時知道的時候也這麼說的。」

「轉錯了也挺好，」徐雲妮說：「不錯也無法認識你們。」

「哎呀！」王泰林聽得受不了，「噁心！妳太噁心了！」

「幹嘛啊，王老師，我是認真的，」徐雲妮說：「就算我轉走了，我們也要常聯絡。」

一聊到學校和考試，劉莉和蔣銳就有點上火，王泰林是早早放棄了，也就無所謂了。

時訣忽然問了句：「你們都要考哪啊？」

蔣銳說：「我只要能上學哪都行。」

劉莉說：「我媽想讓我考師範類，但我感覺有點難。」

王泰林問時訣：「你要參加考試嗎？還是直接簽公司了？」

「考啊。」時訣說了個學校，眾人都挺驚訝，居然是本地一所專業的音樂學院。大家對這學校都熟悉，因為離這不遠，從華都坐地鐵差不多六七站就到了。

王泰林：「你專業能力考這學校很簡單啊，不再考好點？」

時訣：「我普通科目就那樣了，高不了。」

王泰林問：「這學校要多少分啊？」

時訣說：「四百一十左右吧。」

「我靠！」眾人震驚，「這麼高！」

徐雲妮：？

時訣笑了笑，餘光看到愣神的徐雲妮，那笑意更濃了。

說到普通科目，大家不可避免地把注意力放到徐雲妮身上，劉莉問她：「妳要考哪啊？是我們這邊嗎？」

徐雲妮說了個學校，位於中西部地區。

王泰林說：「啊？那有點遠啊。」

徐雲妮「嗯」了一聲。

其實，還不夠遠，她真正想去的地方比這所學校的所在地還要更遠一點。

那是徐志坤的老家，他從出來當兵開始就沒回去過。徐志坤以前跟徐雲妮講過自己小時候的事，次數不多，但徐雲妮一直記著，像是個深埋在心底的念想一樣。

只是要直接去他老家的學校，實在要虧不少分，徐雲妮暫時選了旁邊的省份。

王泰林奇怪道：「去那麼遠幹嘛？我們這的好學校比那邊多多了？」

徐雲妮沒有多解釋，只是說：「連一次模擬考試都沒考呢，現在說有點太早了。」

他們一邊說一邊吃，很快麵碗就見底了，時訣要留下幫吳月祁打理，徐雲妮和王泰林他們先走了。

幾個人已經出店了，徐雲妮走得稍微慢一點，時訣挽著袖子準備收拾桌子，徐雲妮叫他：「班長。」

時訣看過來：「嗯？」

徐雲妮說：「我剛才在紙簍裡看到有吃光的止痛藥藥盒，還有拆掉的膏藥包裝。」

「什麼？」時訣一頓，要過去看，徐雲妮拉住他，提醒道：「阿姨脾氣有點倔，你注意方式。」

說完她就走了。

時訣去翻了剛才徐雲妮座位旁的紙簍，果然發現她說的東西。他直接撿出來進了廚房，吳月祁正在擀麵，時訣把這兩樣東西拿到她面前。

吳月祁登時大怒，「你幹什麼！髒不髒！快拿出去！」

吳月祁潔癖入骨，推著時訣往旁邊去，離砧板遠一點。

時訣問她：「妳不舒服為什麼不跟我說？」

吳月祁嘴硬道：「這不是我的！」

「哦，」時訣點頭，「對，是我的，我不舒服，下午妳陪我去趟醫院。」

吳月祁：「不去。」

時訣拿出手機：「我來掛號，妳先休息一下，下午關店。」

吳月祁：「你別掛號，我不去！你快去上學吧！」

時訣看著她，忽然笑了，抱起手臂往旁邊案檯上斜斜一靠，說：「行啊，那妳不去，我也不去了。」

吳月祁看他：「你不去哪？」

「哪都不去啊，」時訣淡淡道：「我們就在這耗著吧，我腰疼，要休息。」

「你……」吳月祁一陣急火上來，突然咳起來，她連咳了幾下，似是觸到寸勁，臉一下子紅了，往後踉蹌兩步。

時訣看著，緩緩直起身。

他一手拿來凳子，一手來扶吳月祁。

吳月祁沒理他，自己抓著案檯，壓住胸口勉強喘勻氣，也沒力氣喊了。

「你不想氣死我，就趕緊去上學。」

「媽……」

時訣站在那，手機震了兩下。

他拿起一看，是崔浩傳的訊息，讓他下午早點到。

時訣回覆他，『下午可能有事。』

崔浩說：『那你忙完了過來，等你。』

時訣深吸一口氣，咬咬牙，放下手機。

吳月祁指著門口，催促他：「把垃圾一起帶出去。」

徐雲妮一夥人走在林蔭小路上。

大家吃飽喝足，王泰林打了一路嗝，拍拍肚皮，說：「他家牛肉麵真不錯。」

徐雲妮：「那下次再來啊。」

「我看行，」劉莉邊走邊說：「沒想到啊，時訣還挺親民。」

蔣銳附和：「確實。」

隔了兩秒，劉莉又說：「近距離看更帥了，都沒死角呢。」

王泰林先是撇撇嘴，然後瞄她一眼，半開玩笑道：「妳唱歌又不行，就別做夢了。」

「說什麼呢，」劉莉反駁道：「我又沒往那方面想。」

徐雲妮看過來，問：「什麼意思？跟唱歌有什麼關係？」

「哦，這裡有典故，妳還不知道吧。」王泰林跟她解釋，「以前跟時訣走得近的女生，無一例外，聲樂都超好，都是那種細膩溫柔型的。」

「啊……」

蔣銳說：「時訣太強了，你們還記得我們華都校花嗎？當年可是傳說中的冷美人啊，時訣入校之後，只是一起參加了……兩次活動？就到身邊去了。」

徐雲妮有些好奇，問：「校花是誰？哪班的？」

王泰林說：「不是我們這屆的，是個學姐，中間就不念了，跟公司簽約了，後來印象裡是搞了個畢業證書，反正沒在我們這考試。」

蔣銳回憶說：「她好像就是跟時訣掰了後不來學校了。」

「是的嘛。」王泰林拉著長調，「嘴裡不說，肯定傷心的啦，她朋友私下都罵，說時訣就是想拿她試歌，臭男人冷酷得很，哈！」他再次瞄了劉莉一眼，「妳肯定兜不住的，別想了。」

「我想什麼呀！」劉莉有點急了，「我都說了我根本沒那意思，哎呀王哥你有時候真煩人！」

王泰林笑了兩聲。

他們順著林蔭小道往回散步，討論起下午測驗的問題。

蔣銳等差數列這輩子沒學會過，徐雲妮問什麼數列。

「還有什麼數列？」

「有啊。」

「聽不懂啊，基礎不行，現在補還來得及嗎？」

「來得及，都有技巧的。」徐雲妮說：「有不會的可以來三班找我，讓我發揮一下光和熱。」

下午。

時訣趕在考試前最後一分鐘回來了。

一場小測驗結束，華老闆讓後排同學收試卷。

徐雲妮拿著考卷往前走。

徐雲妮收到時訣那排，轉頭瞄了他的試卷一眼，時訣斜眼看她，涼涼道：「能不能講究點啊？」

她看到空著的兩道大題，抿抿嘴，繼續往前收。

轉學到現在，有過一些考試，徐雲妮對班長的成績稍微有些瞭解了，他偏科嚴重，數學純送分，但他可能有語言方面的天賦，國文和英語分數都很高，幾乎跟她差不多的程度，其他幾科也爛，但湊個四百五十不成問題。

聽他說他目標學校只要四百一十，怪不得高三念得如此悠閒。

收完試卷，徐雲妮回到自己座位上。

斜前方，時訣坐在那，一隻手放在桌面上，什麼也沒幹。吳航跟他說了幾句話，他也沒有回應。

徐雲妮感覺他有點心事，大概跟吳月祁有關。

但沒來得及問，下節課的測驗又開始了。

連考兩節課，終於結束了，在班裡一片哀號中，華老闆帶著試卷離開了。

下課時間，同學們在教室裡聊天，徐雲妮想去問問時訣吳月祁的事，結果助手小組的人找來了。

王澤在門口喊人：「徐雲妮在嗎？」

「在。」徐雲妮應了一聲，喝了口水，準備過去。

走了沒兩步，一條長腿伸了出來。

時訣一腳踩在隔壁桌子旁，徐雲妮的路被攔住了。

徐雲妮看看他，他朝門口的人揚起下巴，「有事嗎？」

王澤說：「……啊，叫她去趟音樂教室。」

時訣：「幹什麼？」

王澤說：「可能需要……弄一下演出樂器。」

時訣：「換個人。」

王澤：「哦。」然後就走了。

剛考完試，又是下課期間，教室走廊都亂糟糟的，加上時訣說話聲音不大，對話過程很快，沒引起他人的注意。

時訣收回腿，拎著書包站起來，似乎要走了。

他看了徐雲妮一眼。

嗯，大人情緒不佳，整個人看起來煩煩的。

時訣直接往外走。

徐雲妮也跟了出去。

出了教室，徐雲妮問他：「你要去舞社了嗎？」

時訣「嗯」了一聲，又說：「下次再叫妳別去了，王澤那夥人有工夫去打球沒工夫去打掃是吧？」

王澤就是剛剛來叫她的男生，是四班的音樂小老師，也是華都學生樂團的小號手。

徐雲妮想說，其實人家也有打掃，他們通常都是四五個人一起去的，今天下午這事是提前約好的。

但這話不適合現在說，太不給面子了。

徐雲妮想了想，問：「班長，那藥是你媽媽用的嗎？」

「我用的。」

「……啊？」

時訣哼笑一聲，徐雲妮明白了，說：「那你想辦法好好勸一勸，別急。」

不知不覺已經走到一樓門口了，時訣說：「明天再說吧，我走了。」

匆匆離去。

徐雲妮感覺他這學生當得比社畜都要忙。

目送他離開後，徐雲妮再度前往小禮堂。

她到的時候，王澤和另外幾個同學剛好裝水回來，準備擦地，徐雲妮過去幫忙，王澤一愣，說：「時訣剛才不是……」

徐雲妮說：「班長找我有點別的事，忙完了就讓我過來了。」

「哦哦，剛才我們還說，以為他生氣了，莫名其妙的。」

「沒有，班裡最近事情多。哎，我們是不是過兩天就要錄影了？」

「對，都調整完了，校長在等晴天。」

「一定要在操場錄嗎？」

「他覺得好看嘛，在我們校長心裡，好看比什麼都重要！」

「啊……」

時訣趕到SD的時候，崔浩正在跟幾個老師討論什麼，人到得很齊。

時訣換了衣服過去，崔浩跟他把事情講了一遍。

是樂陽那邊給的消息，說有平臺明年春夏要做個舞蹈類綜藝，叫《舞動青春》，專門拍少男少女的成長故事，年齡卡死二十二歲以下，男女不限，明年年初海選。樂陽深度參與了節目製作，準備送去不少人，他們想跟SD合作一些作品。

他們談完正事，崔浩又說：「林妍還惦記你呢，想讓你也去，最好順便跟他們簽了。」

時訣沒打算去，他跟崔浩說：「你讓瑤瑤去吧。」

崔浩：「啊？她？別扯了，她肯定不行。」

時訣：「你讓她試試，她有實力，你再這麼管下去，她的自信都被你壓沒了。」

崔浩不滿這說法：「我什麼時候管她了！」

時訣又翻了幾遍資料，說：「這節目是偏教育類的，這個總顧問是舞協的教授，我知道她，很專業，你讓瑤瑤去試試，對她會有幫助的。」

「這麼好嗎？」崔浩猶豫之下，往後看看，「妳想去嗎？」

時訣轉頭，看見崔瑤站在後面聽他們說話。她不看崔浩，低著頭說：「……什麼去不去，你不是說我肯定不行嗎？」

崔浩瞪眼：「妳還跟我鬧脾氣了？」

兄妹倆又開始吵，時訣頭很疼，自己上了樓。

他躺在沙發上休息，感覺自己就瞇了十來分鐘，結果一睜眼集訓課都要開始了，他稍微熱了下身，又灌了一瓶運動飲料，下樓上課。

集訓課下課後，接著跟崔浩研究與樂陽合作的事。

一直到晚上九點多，崔浩看他累得要死，說：「你就住在這吧，明天請個假，別去學校了。」

時訣搖頭，換了衣服回家了。

到家的時候屋裡一片漆黑，他來到吳月祁臥室門口，悄悄開門，看她已經睡下，回到自己房間，衣服一脫，一頭栽倒在床上。

其實他很想洗個澡，但他實在懶得動了。

手機震了幾下，他緩緩把手機拿到面前，是吳航傳來的訊息，先是跟他說了點下午班導師安排的事情，然後又說了一句——

『對了，你走之後徐雲妮又去禮堂幹活啦！她幹活有癮啊！後來跟王澤一起回來的。』

時訣看著螢幕，沒回覆，撐起身體，手機被他丟到一旁，滾了兩圈磕在牆邊。

他起身去洗澡。

翌日清晨。

天朗氣清，空氣不錯。

徐雲妮照常來校上早自習，她每天六點十分出家門，到校是六點半到六點四十左右。華都的早自習一直很安靜，通常要七點多才有其他同學來。

她正在做一份數學試卷，聽見門口有動靜，有人敲了敲門。

徐雲妮一抬頭，竟然是蔣銳。

她驚訝道：「你怎麼來了？」

蔣銳說：「妳不是說有不會的題目可以來問妳嗎？」

「當然可以。」徐雲妮疑惑之下還挺驚喜，「你有什麼不會的，來吧。先聲明啊，我也不一定會。」

蔣銳邊走邊說：「妳成績那麼好，肯定會啊。」

徐雲妮：「哎，別給我戴高帽，你拿來我看看。」

蔣銳就過去了，坐到她隔壁桌，拿出一本習作，畫出一題。

徐雲妮看了一眼，拿計算紙講解起來。

「……這題需要用錯位相減，主要考計算能力……」她筆速飛快，按照常規方法推導了一遍，然後在旁邊另開一行，「錯位相減還有簡單的方法，能推出恒等式，你看這裡，這樣推下來，$A=a/q-1$，$B=b-A/q-1$，$C=-B$，但是這個有需要注意的地方，通項公式這裡的 $n-1$……」

時訣走到後門時，就看見這樣一幅景象。

徐雲妮一邊在計算紙上寫東西，一邊講著什麼，旁邊的蔣銳的眼睛不時往她手上瞄，不時往她臉上看。

蔣銳先一步感覺到後門視線，回頭一看——

「靠！嚇我一跳……」

徐雲妮也回過頭，看到了時訣。

「班長？」她更驚訝了，「你怎麼這個時間來了？」

門外的時訣一言不發，走向前面。

他從正門進來。

他這單肩背包，兩手插口袋朝這邊走來的鏡頭，恍惚之間讓徐雲妮產生了點昨日重現的幻視感。

姿勢差不多，神色也差不多。

時訣走到這邊，瞄了桌面一眼。

徐雲妮說：「蔣銳有不會的題目，我幫他看看。」

時訣看著習作，抽出一隻手，伸出食指，隨便那麼往上一撥，帶著前面幾頁紙嘩啦啦落下——基本全新，一筆沒動，只有他正在問的這頁像模像樣地寫了幾題。

時訣像沒看到一樣，讚揚道：「太上進了。」然後就回了自己座位。

蔣銳耳根發燙，心裡怪時訣手太欠。

徐雲妮的角度並沒有看到那些空白頁，她又跟蔣銳講了兩遍，還把公式都抄好給他。

「懂了嗎？」

自從時訣進教室後，蔣銳就有點坐立難安，說：「好、好像懂了，我拿回去消化消化……啊對了，昨晚王哥說今天午休教妳校歌，跟妳說了沒？」

徐雲妮說：「說了，昨晚不是群組裡通知的嗎？」

蔣銳：「行，那中午見了。」

蔣銳走了，教室重歸寧靜。

徐雲妮看著斜前方的背影。

「班長。」

沒動靜。

「……班長？」

明明教室裡就兩個人，時訣聽了動靜，還左右看看，最後回過頭，淡淡道：「叫我啊？」

不然呢？

「你今天怎麼這麼早來學校？」她問。

時訣好像沒聽懂似的，歪過頭，「哦，不好意思，沒打聽清楚，七點前進教室要跟妳買門票是吧？」

時訣的聲音很好聽，吐字清晰，發聲標準，再配上他的語氣，使得他不管說什麼，都顯得特別理直氣壯。

徐雲妮一頓，說：「不是，就是太久沒在早自習看見你，有點不習慣。」

時訣：「太久？妳轉來一共有兩個月嗎？真的『太久』了。」

有一句嗆一句。

徐雲妮想讓他好好說話，但又覺得跟他提這種意見，完全白費口舌。

徐雲妮：「你沒休息好嗎？」

時訣：「妳看呢？」

他很顯然睡眠不足，慵慵懶懶，更加凸顯了陰陽怪氣。

徐雲妮安靜三秒，聲音也淡了，說：「那你休息吧。」

時訣看著她，沒什麼表示，就轉過去了。

徐雲妮低頭寫試卷，一題讀了三遍還沒想法，直接翻開答案看。

不知過了多久，她再次瞄向斜前方，今天天氣還不錯，陽光明媚，灑在他的背影上，卻泛著點清冷似的。

他一隻手拄著臉，還是那麼斜歪著坐著，肩膀一高一低，帶著校服後背一條長長的褶皺，耳朵裡插著耳機，不知道在聽什麼。

徐雲妮視線落回試卷，接著往下寫題目。

教室裡異常安靜。

徐雲妮寫完一題，再次抬起，就這麼看了幾秒後，她放下筆，起身走過去，側身坐在時訣身前的座位。

「班長，心情不好啊？」

他沒說話。

徐雲妮往他面前湊了湊，伸手摘了他一支耳機，「別不理人啊。」

他終於挑眼看來。

徐雲妮說：「昨天的藥是阿姨用的吧，你是不是跟她談得不順？」

時訣看了她片刻，終於稍直起身子。

徐雲妮問他：「你媽有去醫院嗎？」

「沒。」

「為什麼不去啊？」

「妳問我？」他摘了另一支耳機丟桌上，「說今天關店歇一天就好了。」

「就歇一天可以嗎？你要不要好好說一說，她總歸會聽你的。」

「我費那力氣幹什麼？」時訣直起身後，順勢往椅背上一靠，淡淡道：「都嫌我多事，那就隨妳們唄。」

……都？……們？

徐雲妮終於明白，他一早的氣從哪來了，她試著說：「……是昨天王澤的事嗎？那是之前就說好的。」

他不鹹不淡「啊」了一聲。

徐雲妮：「但還是謝謝你幫我。」

他輕聲笑著：「不客氣。」

完全沒有消氣的跡象，徐雲妮看著他，又說：「不過班長……」

「嗯？」

徐雲妮恭維道：「你都離開學校了，還對校內的事盡在掌握，真是什麼都瞞不住你。」

這鎮定自若的表現讓時訣的眉毛往上抬了幾毫米。

臉皮是真的有夠厚。

徐雲妮接著說：「班長，我的案子先放放，還是阿姨的事比較重要，你應該想辦法讓她去醫院檢查一下，病不能拖。」

時訣頓了頓，視線落到一旁。

顯然，他也知道這是正事，這事讓他很煩躁，徐雲妮感覺如果不是在學校，他肯定馬上就要掏菸了。

徐雲妮幫他分析說：「阿姨脾氣很倔，不愛麻煩人，不過這種人通常責任心特別強，吃軟不吃硬，你抓著這一點來試試？」

時訣：「比如？」

徐雲妮看著他的臉龐，思索片刻，問：「班長，你愛哭嗎？」

這問題把時訣問沉默了。

「什麼？」

「你愛哭嗎？」徐雲妮又問一遍。

時訣見她是認真問的，兩條手臂墊在桌面上，緩緩靠近，輕聲回答：「不，我愛笑，妳看不出來嗎？」

他離得近，近得氣息都落在她的臉上。

陽光照耀著教室，那一雙淺瞳映著她的樣子，空氣裡細微的灰塵像是金粉一樣，懸浮在空中。

能不能看出他愛笑？

其實是能看出來的。

徐雲妮見過時班長臉上各種笑，他面部肌肉應該鍛煉得很好，有比常人更多的細微表情，她看過他的淺笑、大笑、冷笑、嗤笑，皮笑肉不笑，雖然不是所有的笑都代表了開心，但總歸表明了處事的態度。

徐雲妮說：「班長，你哭一次試試呢？平時不常哭的人哭了，很可能會有效果的。」

時訣神色不變，還是那麼看著她。

徐雲妮品出了濃濃的質疑。

「你試試看，」徐雲妮勸說道：「不用歇斯底里，就一個人默默哭，但要讓你媽發現，她肯定會問你為什麼，然後你就自己發揮一下。」

時訣：「我發揮什麼？」

徐雲妮：「示弱唄，阿姨的性格一看就很吃這一套。」

時訣：「示弱什麼？」

徐雲妮頓了頓，緩聲問：「閣下是沒有弱點嗎？」

時訣笑著，一手拄起臉，還擠出點肉來。

「那就編吧。」徐雲妮思索幾秒，開始幫他造劇本，「你就說你……最近做夢，夢到了不好的事，讓你很沒有安全感。你說你希望生活能安定一點，什麼都沒有她的健康在你心裡更重要，表達得越直越好，煽煽情還不會嗎？」

時訣也不應聲，只是聽著。

教學大樓裡很安靜，靜得好像只有她在說話。

她坐在他前面的位子，朝著走道，很放鬆，不像平時寫試卷時坐得那麼正，翹著二郎腿，右手肘搭在他的桌子上，手掌張開，在講話的過程中，還會配合著做點輕微的手勢。

「……大概就這套話吧，你說的時候稍微控制著，落下那麼一兩滴淚水。」她兩指一掐，拿捏了一個孔雀舞的造型，「你媽應該是扛不住的。」

時訣說：「這就是妳想的招。」

「嗯。」

「一哭二鬧三上吊？」

她手掌併攏，朝他豎起，亮出清晰乾淨的掌紋。

「不，」徐雲妮糾正他，「不鬧不上吊，只哭，以退為進，以柔克剛。」

時訣哼笑：「一套一套的。」

徐雲妮放下手：「這些都是跟我媽學的，我爸當年犯倔，她就是這麼對付他的。」

時訣：「能用幾次啊？」

「以前百試百靈。」徐雲妮說：「現在想用也用不了了，我爸生病走了。」

時訣沒說話。

徐雲妮：「所以有小毛病的時候一定要趕快看，別拉不下來臉，有招就用，免得以後後悔。」

靜了靜，時訣說：「哭不出來怎麼辦？」

「你等下。」徐雲妮起身，轉身翻書包，找出一瓶眼藥水放到桌子上，「借你。」

時訣拿著眼藥水瓶看了看。

這時，教室外傳來腳步聲，又有其他同學來校了。

他們就沒有繼續聊下去。

上了一上午課，中午的時候，劉莉來班裡找徐雲妮。

徐雲妮臨走前還幫時訣打氣：「班長，祝你成功。」

時訣甚是無語。

但還是揣著那瓶眼藥水回家了。

進了家門，屋裡很安靜，時訣換了鞋，來到吳月祁臥室門口，推開門。

吳月祁正在睡覺，腰上綁著理療的熱敷帶，時間已經到了，正在空轉。時訣過去，把儀器關了，拿起一張薄被幫吳月祁蓋上。

動作很輕，但吳月祁還是醒了。

「……嗯？你回來了？」她皺著眉，好像還有點不舒服，但堅持要起來，「……沒吃飯吧？」

「吃完了。」時訣說：「我就是回來看看，妳接著睡吧。」

他安頓好吳月祁，出了房間。

廚房內，時訣燒開一小鍋水，然後翻了包泡麵拆開煮。

等待煮開的時候，時訣從口袋裡掏出眼藥水，兩指捏著，斜靠在案桌旁。

他看了一陣子，泡麵咕嘟咕嘟地冒著聲。

他把眼藥水擰開，仰頭滴了兩滴。

眨眨眼，藥水往下流。

然後換另一隻眼睛，又滴了幾滴，再眨眨眼。

說真的，他有點不清楚自己在幹嘛。

……這夠嗎？

時訣把手機拿出來，打開前置鏡頭。

完全不像。

他又加了點量。

太多了，差點流到嘴裡。

他拿來毛巾擦擦。

然後再次看向鏡頭。

看久了，像是不認識自己一樣。

……哭還需要什麼？

抽搐？嗚咽？

時訣準備試試，他吸了口氣，胸腔剛剛撐起，忽然發現旁邊好像有人。他一轉頭，看見吳月祁一手扶著門框，正看著這邊。

此刻的時訣，一手拿著眼藥水，一手拿著手機，肩膀上搭著毛巾，滿臉都是藥水，吸氣恰好吸滿，剛剛屏住。

他看吳月祁來了，下意識想要裝一下，眼瞼稍緊緊……

吳月祁看著他這造型，匪夷所思道：「你幹什麼呢？」

她一句話，時訣突然就憋不住了，「噗嗤」一聲破了功，他笑得口水差點沒噴出來，靠著流理檯蹲下，用手擋住臉。

吳月祁又問：「你幹什麼呢？」

時訣笑得幾個大喘氣，用肩上的毛巾把臉上擦乾，說：「……沒事，」聲音也輕微地顫抖著，「……我準備裝哭呢。」

「什麼？」吳月祁以為自己聽錯了，皺眉道：「你準備什麼？」

「裝哭。」

吳月祁沒聽懂：「為什麼要裝哭？」

時訣：「騙妳去醫院。」說完，忍不住，又笑了幾聲。

吳月祁反應了十幾秒，「裝哭騙我去醫院？」

「對，」時訣撥撥頭髮，「一個同學幫我想的招，說硬來不行，哭一下，妳看見了肯定受不了。」

吳月祁聽得哭笑不得，不知道該說什麼。她看著蹲靠在櫥櫃旁的時訣，一陣無奈後，心中又有觸動，說：「最近降溫了，一降溫就容易這樣，多少年了，根本沒事。」

時訣：「嗯。」

他疊好了毛巾，站起身，把煮好的泡麵倒到碗中。

吳月祁皺眉道：「你不是說你吃過了嗎？」

時訣：「又餓了唄。」

午間，小小的房子裡安寧又沉寂，時訣的背影落在吳月祁眼中，有那麼一瞬恍惚。早年那個清瘦俊雋的小孩，不知不覺間已經長得如此高大挺拔了。她想到他命薄的父親，想到他漂泊不定的童年，心中酸脹，終於說：「你要是實在不放心，下週我們找一天去趟醫院，隨便開點藥。」

時訣拿著筷子攪和麵湯，回頭看看她，說：「行啊。」

吳月祁：「冰箱裡有醬好的牛肉。」

時訣：「妳回去休息吧，我自己切。」

吳月祁回身往外走，又接了一句：「還有泡菜，蘿蔔豇豆都醃好了，你要吃就撈點。」

然後就回房間了。

時訣把麵碗放到桌上，去冰箱拿了牛肉和泡菜，切了一些，一起吃了。

吃飽喝足，睏意襲來，看看時間，還能休息半個小時再回校。

他回到臥室，像扇倒了的木門，啪唧一下拍進床裡。

床單被子都是最熟悉的氣味，一聞眼皮都抬不起來了，他怕睡過了，拿出手機設了鬧鐘。

有點刺眼，才發現忘了拉窗簾。

他閉上眼睛，明明睏得要死，可又睡不著，神經衰弱似的，頭皮一跳一跳。他感覺身側有點硌，從口袋裡摸出一樣東西，正是那瓶眼藥水。

瓶身通體透明，裡面的藥水是玫瑰色的，剛剛用過，氣味也是玫瑰香的，已經被他擠去一半了。

瓶子對著窗外的方向，折出熒熒閃光。

他看了一下，最後手放下，呼出口氣，把臉緩緩埋進床單裡。

此時此刻，徐雲妮正在花架下面學歌。

架子是紫藤花的架子，但花期過了，剩下枝枝蔓蔓，攀覆著刷著白漆的鏤空走廊，就位於校園東北角。

「妳唱歌太難聽了。」王泰林直白地說：「五音不全成這樣的真少見啊！」

徐雲妮：「我唱歌有你說話難聽嗎？王老師。」

王泰林笑著說：「我再唱最後一遍啊。」

王老師又開始示範了。

其實徐雲妮感覺，王泰林就是想要找個理由一展歌喉。

時訣進到校園的時候，起初並沒有看到角落裡的練歌小分隊。

他最先發現誰了呢？

丁可萌。

丁可萌同學藏在一棵樹後面，手裡拿著相機，偷偷摸摸對著一個方向。

時訣往那邊看看，就看到了徐雲妮他們，他沒過去，而是走到丁可萌身後。

丁可萌正在檢查照片呢，頭頂暗了，她一仰頭，「……欸？」

時訣從她手裡拿過相機。

丁可萌主動坦白說：「那個……我拍拍王泰林，是他要我拍的，但他擺拍太僵了，我只能試著抓拍了。」

時訣翻了幾下，翻到一張停下了，那是徐雲妮的照片，她拿著樂譜，微垂著頭，旁邊劉莉湊過來跟她講著什麼。背後的天藍得像畫一樣。

「妳怎麼還拍她？」

「誰？」丁可萌探探頭，「啊，徐雲妮啊，順手拍的。」

紫藤花架下，蔣銳先發現時訣他們，他戳戳王泰林，王泰林朝這邊喊。

「哎！」

時訣拿著相機走過去。丁可萌在後面小心翼翼跟著。

王泰林看見相機，說：「丁可萌，我的組圖進展怎麼樣了？」

丁可萌說：「已經拍了不少了……」

時訣把相機遞過去，王泰林拿來檢查，「嘿，妳還拍徐雲妮。」

徐雲妮聽了，也湊過去看。

丁可萌問徐雲妮：「妳喜歡嗎？要不然我也幫妳做張卡，我最近升級卡面了，雙面鑽閃珠光覆亮膜，妳算趕上了。」

王泰林：「那我再看看我的……」他往後翻，挑選自己的照片。

時訣沒繼續待著，往教學大樓走，徐雲妮看見，與劉莉打了個招呼也跟了過去。

「班長，怎麼樣？」她問。

「什麼怎麼樣？」

「你媽那邊，你按計劃行事了嗎？」

「沒有。」

「啊？」

「又勸了一下，她就答應了。」他把眼藥水拿出來還給她，徐雲妮接過一看，問道：「怎麼少了這麼多？」

洗臉了。

時訣：「我打開試了一下，灑了一身。」他有點不太滿意似的，「品質不太行啊。」

「灑了？」徐雲妮擰擰蓋子，「我用了很久都沒灑過啊，漏了嗎？」

時訣餘光瞄她，看她認真檢查瓶身的樣子，眉毛微微動了動。

「妳學完校歌了？」他問。

「差不多了。」

「唱一遍我聽聽。」

「算了吧……」

時訣：「王泰林沒教好？」

徐雲妮：「不是，是我悟性差。班長，你唱歌好聽嗎？」

時訣：「不如妳最愛的。」

「……什麼？」徐雲妮疑惑，「我最愛的？」剛說完，突然想起自己在直播平臺的ID——最愛泰山辣麒麟。

徐雲妮無奈道：「那都是開玩笑的。」上到三樓，轉進走廊，她又說：「你哥說你在音樂方面的天賦比舞蹈更厲害。」

時訣：「誇的。」

兩人一前一後進了教室。

第十章　表白

不管他想不想展露音樂方面的才能，一眨眼還是到了錄影的日子。

前一天時訣請了假，陪吳月祁去醫院做了一整天的檢查。

吳月祁並不是因為患病後背才這樣，她是小時候從高處墜落，把脊椎摔變形而造成的殘疾，隨著年紀增長，對心肺功能的影響和脊椎神經的壓迫越來越嚴重。

取檢查報告是時訣自己去的，他找了醫生，醫生告訴他，吳月祁這種情況吃藥只能暫時緩解，最終還是要靠手術。

「手術安全嗎？」

「她的情況屬於複雜性的脊柱側彎手術，難度稍微高一些，不過整體還是很成熟的。她現在不到五十歲，應該趁年輕早點做了，恢復情況會比較好。」

「手術大概多少錢？」

「她有醫療保險吧？」

「沒有。」

醫生一頓，說：「那這費用負擔可能有點大，這個手術術後療養很重要，要嚴格佩戴輔具，進行康復功能鍛煉，身邊都離不開人。」

時訣從醫院出來，一邊想著事，一邊順著路往前走。

路過一家咖啡館，正放著音樂。

他停住腳步，思緒也斷了一瞬。

店裡放的是林妍的新歌，這首歌成績還不錯，時訣已經不只一次在外面聽到了。

他在咖啡館門口點了根菸。

旁邊灌木叢裡突然竄過一隻野貓，把路人嚇了一跳。時訣分毫未動，神色冷淡地想著，下次的價格該開得更高一點……

錄影當日。

不枉校長夜夜做法，天氣果然極好。

晴空萬里無雲。

上午做準備，預計下午錄製。

中午放學的時候，徐雲妮被叫去幫忙布置合唱臺，表演區域就在升旗臺前，臺子後面拉好了橫幅，前面的三角鋼琴也抬出來了，樂團座位都放置在鋪好的紅地毯上，還有音響和攝影設備，電線拉得滿地都是。

中午午休的時候，時訣就被年級主任叫走了。

徐雲妮吃了頓簡餐，跟著助手小組的人一起忙了一中午，然後沒她什麼事了，下午第一節課還是回教室照常上自習。

操場上在進行最後的調試。

靠著窗子的同學紛紛向外看，似乎有什麼吸引人的畫面，身子扭得跟麻花似的，笑著互相討論。

窗外時不時傳來傾瀉的琴音。

下課後，華老闆進教室讓參加合唱的人都下樓。

徐雲妮喝了口水潤潤喉，跟著大家一起過去了。

紅地毯上，時訣拿著樂譜，正在跟兩名領唱進行溝通。

三個人都沒有穿校服，做了妝造，兩個男生穿著黑色西裝，女生則是紅色的禮服。

時訣今日的造型看起來比酒館那一晚規矩太多了，只把頭髮捋到腦後，露出額頭和眉眼，一身正裝，沒有戴首飾。

徐雲妮站到自己的位置上，看看樂譜，然後又瞄向斜前方。

同樣是正裝，款式也差不多，但衣服穿在時訣身上，跟他身邊那位領唱的感覺完全不同。時班長穿什麼都是自己的風格，那麼歪歪一站，衣服敞開著，裡面的襯衫也在進行著某種詭異的堅持，不到最後一刻絕不扣到頭，立著的領口兩邊分開，像朵綻放的百合。

主任和音樂老師在安排隊伍。

錄影很快開始了。

徐雲妮跟王泰林練了校歌，雖然走調，但節奏都準，肌肉反射，跟著大夥一起唱。

她聲音高亢，望著遠方。

有那麼一瞬，她在想，藝術到底是什麼呢？

她還不能完全搞清楚，只是此時此刻，藍天白雲、遠處翠綠的樹冠、近處黑白的琴鍵、流水般的音樂、同學們朗朗的歌聲，甚至校長在鏡頭外慷慨激昂的指揮，這些東西組合在一起，實在使人心中澎湃而澄澈。

歌詞寫得多好……

你我相遇的記憶，

化作滿天星辰，

祝福前行的道路，

閃耀著純白的青春。

一共錄了三遍，長官終於滿意了，解散隊伍。

負責錄音的音樂老師跟時訣還有話說，把人叫走了，徐雲妮和另外幾個小組成員整理場地，其他人都回教室繼續自習。

花了將近兩個小時才收拾完，回教室又上了一節課，就準備放學了。

王泰林過來叫她，說等等一起去吃飯。

往常約飯都是劉莉來喊她，這次居然王泰林親自來了，而且面帶笑意，心情相當不錯的樣子。

徐雲妮問：「王哥，碰到什麼事這麼高興？」

王泰林說：「沒事啊，走吧，他們已經在外面等著了。」

徐雲妮說：「行，我等等要先去便利商店買點衛生紙和紅筆。」

走廊裡人流攢動，他們說話期間，時訣也回來了。

他那身西裝沒來得及換，徐雲妮叫住他：「班長，你去幹嘛了？」

時訣走過來：「去聽了下音訊。」

「等等還有事嗎？」

「沒了。」

「我們要去吃飯，你一起來嗎？你家今天開門了嗎？」

時訣說：「開了，你們在門口等我一下吧。」

徐雲妮和王泰林一起出了校門，蔣銳和劉莉都在門口，徐雲妮去了趟便利商店，回來的時候時訣也出來了。

眾人一起往常在麵館走。

麵館離學校不遠，一路上小店林立，到了晚上，燈都開了，光影灑了滿地。

路上，他們聊著下午錄影的事。

蔣銳把王泰林叫過去，好像有什麼事，小聲說了幾句悄悄話。

時訣西裝敞著懷，手插著口袋，往前走。

徐雲妮看了他幾眼，感覺他好像有什麼心事，昨天他一整天沒來學校，應該是陪吳月祁檢查了。

也許是結果不太好？

時訣注意到她的視線，看過來。

徐雲妮說：「班長，你這身衣服真好看。」

「哦，」他挑挑眉，「算妳有眼光，這衣服有來歷的。」

前面王泰林一聽，轉過頭看，看著看著直接上手摸了。

「什麼來歷？」他問：「靠！不會是什麼高訂吧？」

「猜對了，我家樓下老劉太太私人訂製，一套七百塊錢呢。」

王泰林哈哈大笑。

其實衣服一眼就能看出不算貴，線頭都露在外面呢。

徐雲妮說：「班長，穿你身上像七萬的。」

時訣：「在這嘲諷我呢？」

「都是實話。」徐雲妮說：「班長穿這種正裝，就是年輕貴氣，風度翩翩，又帶著點神祕感。」

「我是蓋茨比啊？」

徐雲妮微訝，脫口而出：「你還知道蓋茨比呢？」

時訣瞥她一眼，徐雲妮後知後覺，感覺自己這話說得實在不過腦子，她剛想彌補一下，時訣停下了腳步。

他轉過身，靠近她，稍彎下腰，視線與她相平，「徐雲妮，我還認字呢，嚇到妳沒啊？」聲音那麼的輕，像逗小孩似的。

他輕呵一聲，直起身。

轉回去的一瞬，風吹動他的黑髮與衣擺，還有稍彎的嘴角。

他的心情明明不好，但依然可以笑出來。

時訣走著走著，發現徐雲妮沒跟上來，回頭看看她，「走啊，怎麼了？」

徐雲妮也不太清楚怎麼了，只能說人的感覺非常的奇特，總會在不經意之間，被某些奇奇怪怪的點戳中。

徐雲妮走向前方。

「班長，你媽媽的檢查怎麼樣？」她問。

「還行吧，跟之前差不多。」

「要怎麼治療？」

「先保守調養看看吧。」

「如果有需要幫忙的地方你就說。」

他看看她：「妳是許願機嗎？什麼事都要找妳說？」

「我是熱心市民小徐。」

「哈。」

時訣能感覺出她有意在寬他的心，抬起大手，在她頭上輕輕按了一下。有點力度，徐雲妮被按得下頜微收，視線落在地上，沒有說什麼。

不多時，幾個人來到常在麵館。

時訣進去後就去後廚幫忙了。

徐雲妮他們找了個空位，桌上菜單一掃，售罄了好多種，看來吳月祁為了照顧身體，有意減少了製作量。番茄牛肉麵也沒了，徐雲妮換了雞湯麵。

大家一邊吃飯一邊聊天，跟平時並無兩樣。

吃到一半，徐雲妮發現其他三人吃得特別慢，問道：「你們怎麼了？」

王泰林：「嗯？什麼怎麼了？」

徐雲妮示意他們的麵碗：「你們吃得怎麼這麼慢？」

「急什麼啊，」王泰林老神在在，「來這又不為了吃東西。」

徐雲妮奇怪：「不吃東西你來幹嘛？」

王泰林舔舔腮幫子，又在那怪笑，旁邊的劉莉也抬抬眉毛，沒出聲，蔣銳則是悶頭吃飯。

徐雲妮看著他們，終於感覺出一絲不對，「怎麼了？有什麼事嗎？」

王泰林撓撓脖子，隨口道：「沒事啊。」他用手肘碰了下蔣銳，又看他一眼，蔣銳還是悶著頭吃東西。

徐雲妮感覺他熱得整顆頭都紅了。

王泰林看他這樣，嘖了一聲，有點恨鐵不成鋼的味道，「你就慫吧。」

蔣銳激烈反對：「我才不慫！」

王泰林：「那你說啊。」

徐雲妮聽得奇怪：「說什麼？」

這邊還沒問出個所以然來，那邊時訣忙得差不多了，從廚房出來。他脫了西裝外套，剩下白襯衫和西裝褲，繫著一條黑色的腰帶，梳著背頭，面龐無遮無擋，乾淨挺拔。

他還是跟上次一樣，拉了旁邊桌子拼過來，坐在王泰林旁邊，然後開始死命往麵碗裡加辣椒油。

旁邊王泰林跟蔣銳嘟嘟囔囔說了一下，然後小聲來了句：「去吧。」

蔣銳抿抿嘴，似是下定決心。

「那個……」他對徐雲妮說：「能出來一下嗎？」

徐雲妮：「出去？去哪？」

蔣銳沒想到被反問了，結巴了一下，說：「就、就外面，我想跟妳說點事。」

徐雲妮瞧著蔣銳的眼神，一開始還能跟她對視，但很快視線就開始飄忽不定了。他手往旁邊放，好像有什麼東西。徐雲妮往那邊看一眼，發現是個小袋子。

徐雲妮以為裡面裝著書本，就問：「怎麼了？又有不會的題目啊？」

旁邊劉莉忍不住，小聲笑，蔣銳支支吾吾：「不是……」

時訣的特辣素麵已經調好了，瞥蔣銳一眼，隨口道：「臉怎麼這麼紅？不會是要表白吧？」

他說完，就沒人說話了。

時訣用筷子挑起麵條，把辣椒油拌開，攪拌到一半，才注意到這場面的卡頓似的，看看眾人，最後停在蔣銳身上，驚訝道：「……不是吧，我開個玩笑而已。」

王泰林撓撓嘴角，蔣銳一拍桌子，豁出去了，對徐雲妮說：「妳來一下。」然後先一步出了店。

徐雲妮看看門口的方向，然後又看看王泰林。王泰林催促她：「去啊，幹嘛呢？別讓我兄弟等著啊。」

徐雲妮放下筷子出去了。

她一出門，劉莉和王泰林就探身抻脖往外面看。

「哎……哎哎，」時訣手肘捅捅王泰林，「要不然我們換個位置？」都快趴他身上了。

「哦，不用。」王泰林又坐了回去。

「他東西送出去了欸！」劉莉進行現場直播，「好像開始說話了。嘖……蔣銳能不能把頭抬起來啊，本來就不高！」

店外路邊，楊樹下。

徐雲妮看著面前的人。

這應該是她第一次與蔣銳單獨面對面交談，沒想到竟然是這樣的緣由。

有一點很出人預料，就是跟表面的穩妥好學生人設不太相符，徐雲妮其實還挺有異性緣的，可能是性格吃得開？她自己也不清楚，總之，她從小到大被表白的次數還挺多的。

這樣一想，好像前不久她也被表白了？

……那次應該不算吧。

徐雲妮最早被表白要追溯到小學的時候，在什麼都不懂，或者說，什麼都剛剛懂的年紀，她就被他們班的體育股長叫到自行車棚進行了真情告白。

原因是什麼？好像是他們班跟別的班進行足球比賽，裁判亂判，體育股長不滿意，但他嘴笨說不明白，徐雲妮看了比賽，也覺得偏裁嚴重，就幫他去體育老師那討說法，最後兩人一路討到了校長辦公室，終於判定重比。後來他們贏了比賽，沒過幾天，體育股長就把徐雲妮叫去車棚表白了。

那場車棚表白分兩天進行，第一天體育股長向她傳達了自己的意思，徐雲妮完全沒想到會有這出，當場拒絕。體育股長覺得她的決定太草率了，就讓她回去再考慮一天，明天再給答覆。

徐雲妮回家後把這事告訴父母，李恩穎非常興奮。

「是你們班那個踢球踢得超好的男生嗎？他跟妳表白啦！怎麼樣，妳有感覺嗎？」

「……什麼感覺？」

「人家跟妳表白了啊！妳就沒有什麼想法嗎？」

徐雲妮仔細回憶一下整個事件，她覺得，他們的確透過共同的據理力爭建立起了革命友誼，但是……

徐雲妮實話實說：「我感覺他的感情來得非常隨便，也很幼稚。」

李恩穎無語地撇撇嘴，看看旁邊的徐志坤。

徐志坤對徐雲妮說：「妮妮，妳說的很對，感情不是開玩笑的，因為踢個球賽就跟妳表白，這行為太不負責了。他只想著自己，他這個年紀，有能力承擔戀愛關係嗎？你們再一年畢業就了，畢業之後怎麼辦？」

李恩穎在旁聽得直瞪眼：「我的天，十一二歲的小孩子談什麼能力和責任啊，這是懵懂的青春好不好！」她過來把徐雲妮摟到沙發邊，「別聽妳爸的，他就是不爽有人敢覬覦他女兒。」

徐雲妮說：「我覺得爸爸說的很有道理。」

徐志坤在一旁接著看文件。

「道理歸道理，道理解釋不了一切。」李恩穎摸摸徐雲妮的頭髮，「妳該天真一點，別被妳爸帶成老古董了，人生不是靠道理來體會的。」

對李恩穎的話，徐雲妮不以為然。

她還是覺得，徐志坤的判斷更成熟，更正確。

第二天，徐雲妮再度與體育股長相約車棚。

體育股長表達能力堪憂，他跟她說話甚至比跟體育老師說話時還要結巴，沒有頭緒。到後來，徐雲妮只顧著幫他捋清思緒，然後想盡辦法找到一套既能斬斷他情思，又不會傷害他感情的說辭。

如今，有點昨日重現的意思了。

「……妳怎麼不說話啊？」蔣銳低著頭問。

徐雲妮回神，問他：「你為什麼喜歡我啊？」

蔣銳一愣，小聲說：「不為什麼啊。」

徐雲妮：「因為我幫你解題嗎？」

「啊？」蔣銳摳摳手，「不是吧……」

徐雲妮對蔣銳全部的瞭解，僅限於「王泰林的跟班」這一個標籤。蔣銳跟著王泰林混，卻完全沒有學到王哥的狂放，甚至不如劉莉豪爽，很容易被搞到面紅耳赤。

就像現在這樣。

「謝謝你喜歡我，但我們還太小了，不夠成熟，還不能承擔這種責任。」徐雲妮再次搬出當年徐志坤的說辭，「而且現在是高三，是很重要的階段。」

蔣銳悶著頭不講話。

「我們可以做朋友，」徐雲妮接著說：「一起努力，至少先把我們現階段該做的事做好，再想別的吧。」

店內。

劉莉說：「哎，回來了回來了！」

店門推開，蔣銳走進來，一屁股坐回位子。

王泰林往外看看，問：「徐雲妮呢？」

蔣銳：「她說她先回學校了。」

「哎喲——」王泰林拉著長調，「她也知道不好意思啊！」

劉莉問：「怎麼樣？」

蔣銳想想，說：「我覺得還行。」

「她答應了？」

「沒吧，跟我想的差不多，她要以學業為重。」

劉莉頓了頓，問他：「那『還行』在哪呢？」

蔣銳說：「她說可以先做朋友，一起努力，度過高三這個重要階段。」
劉莉「啊」了一聲，蔣銳又說：「那就是升學考之後還有戲嘛。」
劉莉張張嘴，瞄了王泰林一眼，「王哥，你覺得她是這個意思嗎？」
蔣銳：「反正她沒直說不行，我覺得就是這個意思。」
王泰林直白道：「這不是明顯的藉口嘛！」
蔣銳：「我覺得不算是藉口吧，我原本也覺得現在說希望不大，她不是還會轉走嘛，我就想至少先讓她知道，然後等畢業了再說……」
王泰林：「你還要等畢業，這麼長情啊？」
蔣銳嘟嘟囔囔地「嗯」了一聲。
王泰林瞧著他這樣，歪著頭問：「我都沒問過你，你看上她什麼了？」
蔣銳看著麵碗，想了一陣子，忽然說：「我們口味特別一致。」
「嗯？」
「我們吃麵都喜歡瘋狂加醋和香菜。」
王泰林震驚道：「他媽的……你逗我呢？就這？」
「也不全是，哎，她人很好啊，長得也挺好看的。」
「好看？」王泰林抬起一側眉頭，仔細品了品，「嗯，確實還可以。」
時訣吃完麵，抽出一張衛生紙，把嘴擦乾淨，又把桌子擦了幾下，攥成一團，扔到麵碗中。

「而且我覺得她性格好，很有主見。」蔣銳接著誇，「有時候看起來蠻厲害的，但其實特別善良，給人感覺特別安心。」

「哎呦喂……」劉莉在一旁聽不下去了，「我要肉麻死了，那你現在要怎麼辦嘛！自己單相思啊？等著升學考結束？她要是真的轉走了你就自己在這做白日夢吧！就你那分數，你們能考到同一個地方嗎？一旦異地了還表白個屁！」

蔣銳垂下頭，劉莉說：「你要是真的這麼放不下，要不然我們就趁她還沒走，一起幫你努力一下？」

蔣銳一聽，不由坐直了，「你們怎麼幫——」

「沒必要吧。」

他的話被時訣打斷了。

蔣銳轉眼過去，時訣看著這邊，神色淡淡的：「死纏爛打就免了。」他朝王泰林抬抬頭，「是吧？」

「嗯，」王泰林是很認同這個觀點的，「這東西還是要你情我願。」

蔣銳低著頭，十分傷心的樣子。

時訣看他沮喪的樣子，勸說道：「打起精神來，再好的人，不喜歡你也沒用，熱臉貼冷屁股有什麼意思，還是對自己好點最重要。」

蔣銳聽得懵懵懂懂：「我知道，我就是覺得她……」

「你覺得什麼，」時訣說：「你就是一時上頭，把她美化了，哪有你說的那麼好啊。」

他說著話，身子向著裡側，沒注意其他三人的視線都往同個方向動了動。

蔣銳「哎」了一聲，但他聲音太小了，時訣完全沒聽到，手指頭指了指他，接著說：「還說她好看，好看在哪啊？你濾鏡太厚了，看她那故作正經的樣子，多無聊啊，跟她開個玩笑都不一定能聽得懂。」

「什麼玩笑我聽不懂？」

時訣猛地回頭，徐雲妮就站在後面，垂眸看他。

無言相對。

劉莉問：「……妳怎麼回來了？」

徐雲妮說：「我買的東西忘記拿了。」她從座位上拿起便利商店的袋子，裡面裝著她放學買的衛生紙和紅色簽字筆。

她又看了時訣一眼，時訣沒說話。

她看著他的眼睛，說：「那我先回去了，你們接著聊。」然後直接走了。

店門關上數秒，桌上同樣沒人說話。

王泰林斜眼看時訣，後者舌頭舔舔口腔，盯著門口不言語。

劉莉兩隻手擋擋面容，小聲說：「呀，有點尷尬啊……」

王泰林回想剛才的畫面，忍不住抿了抿嘴，跟蔣銳說：「……這他媽不比你表白有意思多了？」

時訣一言不發。

蔣銳看著時訣不善的側臉，試著開導他，說：「沒事的，徐雲妮人很大度的，她不會很生……」他說一半，但見時訣看了過來。

時訣神色舒展，嘴唇輕啟，下頜稍有點錯位，唇角似乎還帶著點森森的笑意似的。

「你說什麼？」他輕聲問。

那一股霸凌癮上來了，蔣銳被他看得害怕。

這翻臉未免太快了。

蔣銳覺得自己有點冤，講道理，這不能怨他吧？

「我、我剛才提醒你了啊，是你沒聽見……」

時訣挑挑眉毛：「是嗎？」

蔣銳避開視線。

「哎，」王哥不得不出來維護小弟了，「別嚇唬他了，他表白失敗就夠倒楣了。」

時訣看著緊張兮兮的蔣銳，最後，驀然一笑，說：「沒事，我尷尬點就尷尬點，你不難過了就行。」然後起身收拾碗筷，去了後廚。

安靜的教室內。

徐雲妮坐在那寫試卷。

今天除了她以外還有幾個同學在自習，前座的楊夢莎也在，學到中途，她回頭小聲問：「徐雲妮，我能問妳幾題嗎？」

「可以，什麼題？」

「數學的，有點不明白……」

楊夢莎把習作拿過來，徐雲妮掃了一眼，微微一頓。

世上題目千千萬，偏偏又是數列題。

……又？

徐雲妮把題本轉過來，身體也側過來些，跟楊夢莎講道：「妳看，如果等差數列的題目只有一個條件，先把它看作X……」她拿著筆，一邊說一邊寫，「……不過這個是常數列，然後這裡，3X等於9，X……」

可能是題目簡單的緣故，徐雲妮在幫楊夢莎講數列題的時候，有點一心二用，想著之前幫蔣銳講的那道題，和它引發的一連串後續事件。

她講到一半，喝了口水，順便告訴自己應該更加專注一點。

她放下水瓶，再看回來的時候，跟楊夢莎眼神對上了。

徐雲妮問：「前面講的沒聽懂嗎？」

楊夢莎：「不是……」

她聲音很小，徐雲妮稍微湊近了點。

楊夢莎問：「徐雲妮，妳跟時訣熟嗎？」

徐雲妮：？

徐雲妮：「還行吧，也不算很熟，怎麼了？」

「我看之前彩排的時候，他在操場上叫妳。」

「那次是有點事情說。」

「你們……」她聲音越說越小，徐雲妮都快貼她身上了，才聽清楚，「你們有什麼……特殊關係嗎？」

比起這個問題的內容，徐雲妮腦子裡更先冒出來的念頭是——數列題的後續走向永遠這麼出人預料。

「不是，」她解釋說：「我們就是普通朋友，因為丁可萌那件事，我們才熟了一點。」

「妳跟丁可萌還有聯絡啊？」楊夢莎似乎很不喜歡丁可萌，「她特別不老實，被抓了只會裝無辜，沒被抓就什麼事都敢幹，她都偷拍時訣好久了，是時訣對女生太溫柔了，才沒跟她計較。」

徐雲妮「嗯」了一聲，說：「我們先講題目吧。」

「稍等一下……」楊夢莎說完，回頭從自己書桌裡取出一樣東西，放到徐雲妮的桌面上。

一個天藍色的牛皮紙斑駁浮雕信封，非常漂亮。

一看就是情書。

徐雲妮心想，今天這是怎麼了？空氣裡是被誰下了春藥嗎？

楊夢莎小聲說：「妳能幫我把這個給他嗎？」

徐雲妮說：「倒是可以，但妳為什麼不自己給呢？自己給更有意義吧。」

「我不想自己給……」楊夢莎趴在徐雲妮桌面上，一雙手臂把擺設一樣的試卷都壓翹邊了。

徐雲妮拿起這漂亮的信封，正反面看了看，說：「妳跟他們的說法正相反。」

「……誰？」

「別人說的，」徐雲妮沒有供出王泰林，「時訣這方面人很冷，他以前在學校不是交往過一個學姐嗎？後來分手了，那女生很傷心，都不念書了。」

「誰說他們交往了？」楊夢莎直起身子，「從來沒說交往好嘛，她後來簽公司了才不來學校的。」

「這樣嗎？」

楊夢莎憤憤道：「時訣找她合作而已，她自己想多了，入戲太深，到處跟人說這說那，時訣很討厭這種糾纏不休的關係，就不再找她了。後來那女生去娛樂公司面試，用的還是時訣寫的歌。她把自己放原創了，進公司之後才告訴時訣，時訣也沒說什麼。」楊夢莎枕在手臂上，「時訣一點都不冷，他是個很溫柔的人。」

楊夢莎的指頭輕輕點了點信封：「這其實沒署名。」

「為什麼？」

「我不想讓他知道，但我還是想給他。我怕沒名字的禮物他容易丟掉，所以希望跟他關係近的人拿給他，告訴他不要丟。」

「我跟他關係也不算很近吧。」

「很近了，」楊夢莎小聲說：「我覺得妳很厲害。」

楊夢莎說著話，悄悄看著徐雲妮。

在徐雲妮剛轉學過來的時候，楊夢莎感覺她是個內斂的女生。她被班導師安排坐在她身後，每天只專注於念書。楊夢莎一開始覺得，也許後面她們會因為相似的性格而走到一起。

但隨後她發現，情況好像不是這樣。

她不知道到底發生了什麼，但徐雲妮幾乎是一夜之間就跟全學校最張揚的人打成了一片，不管是外班的，還是本班的，後續她甚至在學校樂團和學校長官那邊都掛了名。

她們的性格其實完全不一樣。

徐雲妮答應下來：「好，我會幫妳給他的，我儘量告訴他好好保存，但我也不確定他會怎麼處理。」

「好的，謝謝妳，」楊夢莎又叮囑，「千萬別說漏嘴是我送的。」

徐雲妮「嗯」了一聲。

其實她很想問問楊夢莎，既然時訣在妳口中那麼溫柔，為什麼還要擔心禮物會被丟掉，為什麼連情書都不敢署名？

但她最終還是沒問，她覺得這問題有點太殘忍了。

晚自習結束了，楊夢莎看起來整個自習的任務就是這封無名的情書，她交代好後，人就走了。

徐雲妮收拾了書包，也離開了。

她走在通往校園外的小路上，學校裡的燈已經關得差不多了，校外的方向倒是越發燈火通明。

出了校園，她準備去路邊搭車。

「哎。」

身旁一聲呼喚。

徐雲妮轉過頭，時訣坐在路邊的花壇旁，那套正裝已經脫了，換成一身黑色運動服，他常穿的款式。

校外比校內亮多了，把他照得一清二楚。

他應該洗過澡了，每次剛洗過澡，都像開了高清鏡頭一樣，白得泛冷光。

徐雲妮走過去，站到他面前，問：「班長，你怎麼在這？」

時訣：「吃完飯，沒事了出來轉轉。」

周圍店鋪林立，亮得如同白晝，只是跟陽光不同，這種光裡少了點自然的暖意，而多了幾分人為的精雕細琢，照得他唇紅齒白，雙眸明亮有神。

時訣問道：「晚自習上完了？」

徐雲妮沒說話。

時訣疊著腿，一手拄著旁邊，一手放在膝蓋上，稍微歪過身子，點點她，像模像樣道：

「好好讀書沒？」

「班長。」

「嗯？」

「你想道歉可以直說。」

時訣一頓，笑了出來：「真生氣了啊？」問得興致勃勃的。

其實也沒有。

時訣說：「都是反話，說給傻子聽呢。」

「誰是傻子？」徐雲妮問，「蔣銳？」

「是啊，難過的傻子，妳走之後他都哭了。」

「……他哭了？」

時訣指指胸口：「在心裡，我幫妳安慰他一下。」

滿嘴瞎話。

但時班長的特點就在於，不管說再離譜的話，也從來不會心虛，他一直看著徐雲妮，視線沒偏過半分，手指在膝蓋上彈琴似的來回折了幾輪。

反倒是徐雲妮，目光發空，不知道在想什麼。

「不過，」時訣抬抬下巴，「原來不答應也能收禮啊。」

徐雲妮低頭，看著手裡拎著的小袋子。

這是蔣銳給她的。

「他一定要我留下。」

時訣伸手：「給我看看。」

「這不方便吧。」

「有什麼不方便的？」時訣說：「我白幫妳安慰他了？」

在徐雲妮看來，時訣有時候非常的狡猾，說起話來，啖以甘言，圓滑伶俐，就像狐狸一樣。

徐雲妮心裡嘆了口氣，把袋子遞給他，然後往前兩步，坐到他旁邊。

時訣打開袋子，裡面有一盒巧克力和一管口紅。

徐雲妮側過頭，時訣正在把玩那管雜牌口紅，看了看貼著的印刷標籤。他神色很淡，淡得有點發冷，最後手腕一動，口紅被輕盈地丟回袋子，就像他丟擦桌子的衛生紙一樣。

徐雲妮聽著口紅落袋的聲音，腦子裡不由浮現出剛才他在麵館裡哄蔣銳的樣子。

如果剛才他說蔣銳是個傻子的話被蔣銳聽見，他會做出解釋嗎？

肯定不會的。

也許還真就像楊夢莎所說的，她跟他的關係是比較近的。

但這仍然無法改變他性格中冰白的底色。

時訣拿出巧克力，順理成章地拆開，取了兩塊，遞給徐雲妮一塊，問：「吃嗎？」

這是誰的巧克力？

徐雲妮接過，拆了包裝放入口中，然後把書包拿到前面，取了一樣東西給他。

時訣低頭，看見了一封漂亮的信封，他稍微頓了頓，眼神挑向徐雲妮。

「妳的？」

「之前有人托我給你的。」

「哦。」時訣接過信封，「誰啊？」

「她不想你知道，裡面也沒寫名字，但她希望你不要丟掉。」

時訣沒說什麼，拿著信封正反看看，然後折起來揣進口袋裡。

徐雲妮一直看著，在他折紙的瞬間，她腦海裡忽然冒出楊夢莎對他的評價，不由「呵」了一聲。

時訣看過來：「怎麼了？」

徐雲妮：「送你信的女生，說你是個溫柔的人。」

時訣：「她還挺懂。」

徐雲妮接著說：「除了她以外，還有人說你冷酷、薄情、外熱內冷，只想著自己。」

時訣頓了頓，沒問這些是誰說的。

「那妳覺得呢？」

徐雲妮歪著頭打量他，琢磨了一下，說：「我覺得，這些詞也不矛盾吧。」

時訣沒有說話。

徐雲妮忽然想到什麼，說：「哦，對了，班長，你媽媽應該算是骨科問題吧？」

話題跳得太快，時訣差點沒反應過來。

「是吧，脊椎問題。」

「要動手術嗎？」

「還沒定，她肯定不願意，嫌開銷大。」

「沒有保險嗎？」

「她沒保過，以前在老家，有點頭疼腦熱就找熟人弄點藥，通常都是硬抗的。也就來了這邊之後，偶爾還能去趟醫院。」

「保險要補繳，一定要趁早，阿姨的情況以後肯定用得上的。」

「嗯。」時訣從口袋裡掏出一根菸點上，「我這幾天在弄。」

徐雲妮看著他點菸的樣子。

她偶爾會覺得，時訣的冷漠是事出有因，想一想，他不過十九歲，需要他考慮的事未免太多，剩下那麼一點點的空間，只留給自己也情有可原。

「你還記得小帥吧，」徐雲妮說：「他爸爸是做醫療器械的，跟本地的醫院很熟悉，阿姨要是想做手術，我幫你問問他，能不能聯絡到好一點的醫生。」

時訣拿下菸，看著她。

「徐雲妮。」

「嗯？」

「妳是對所有人都這樣嗎？」

徐雲妮一頓：「什麼？」

他很確定她聽清了他的話，沒有再重複。

徐雲妮有點沒摸清這問題的緣由，頓了好久沒開口。

時訣又說：「妳要是都一視同仁，沒別的意思，那下面的話我就不說了。」

徐雲妮下意識問：「你要說什麼？」

他說：「妳先回答我。」

徐雲妮覺得就算他不說，她也能猜出內容。

她忽然覺得有點混亂。

「不是，你……」她突然憋出一句，「你是認真的嗎？不是喜歡唱歌好的人嗎？」

時訣：「跟我在一起，妳唱歌就會好的。」

徐雲妮：「王泰林教了我很久，他說我沒救了。」

時訣笑著說：「他算什麼。」

他的神情輕鬆平緩，一邊抽菸一邊說話，像在閒聊一樣。雖然這話題的起因和發展都跟唱歌扯不上半毛錢關係，但她說了，他便照常往下接著。

之前那次，他的聲音也像現在這樣柔和嗎？

那次光顧著發愣，她什麼都沒注意到。

她的視線轉回前方。

「時訣。」

「嗯。」

既然他是認真說的，那她也該認真回覆。

「我們……」徐雲妮想了想，「我們連做朋友都不夠相互瞭解，而且……就目前知道的內容裡，我們兩個的興趣愛好，生活圈子，包括目標大學所在地，還有未來的發展方向，完全是不一樣的軌跡。」

時訣沒說話，徐雲妮看過來。

他還是很平靜的神色，彷彿完全不在意她說的這些事。

「妳只說有沒有看上我，」他說：「其他的我來考慮。」

你怎麼考慮？

她說的所有一切都是客觀存在的事實，他還能怎麼考慮——理智是這樣告訴徐雲妮的。

但是，她看著眼前人皎白俊雋的面龐，有那麼一瞬間，她腦海中，那一條原始的、天真的、沒經過各種理論加工，獨屬於一個十七歲女生的神經，確確實實因為這句話而跳動了。

徐雲妮緩吸了一口氣，偏過頭，拿起書包和袋子。

她把書包背上肩，站起身，走了兩步，又回頭。

時訣也看著她。

徐雲妮說：「班長，我們就做普通朋友吧。」

他也沒表示什麼，靜了一下，才說：「好，聽妳的。」

徐雲妮：「那我先走了，明天見。」

他抬抬下巴。

徐雲妮順著小路繼續往前走。

周圍逐漸嘈雜起來，其實剛才一直有人車流動，只是到了這時候，她才聽到它們的聲響。

剛才她的耳朵裡，只有他的聲音。

徐雲妮看著地面的磚瓦，心中有種莫名的直覺，這件事已經結束了。

他不會再問下一次了。

她抿了抿嘴，忽然覺得胸口的地方有點說不出的感覺。

口中的巧克力早就吃完了，徐雲妮沒有注意包裝，不知道蔣銳到底送的是什麼，現在回味一下，大概是黑巧克力，一點點的甜，一點點的苦澀，相互攪糅，最終形成了複雜的平衡。

——《霓虹星的軌跡》（上）完——

——敬請期待《霓虹星的軌跡》（中）——

高寶書版集團
gobooks.com.tw

YH 191

霓虹星的軌跡（上）

作　　者　Twentine
責任編輯　吳培禎
封面繪圖　Xuan Qin
封面設計　張新御
內頁排版　賴姵均
企　　劃　何嘉雯

發 行 人　朱凱蕾
出　　版　英屬維京群島商高寶國際有限公司台灣分公司
　　　　　Global Group Holdings, Ltd.
地　　址　台北市內湖區洲子街88號3樓
網　　址　gobooks.com.tw
電　　話　(02) 27992788
電　　郵　readers@gobooks.com.tw（讀者服務部）
傳　　真　出版部(02) 27990909　行銷部 (02) 27993088
郵政劃撥　19394552
戶　　名　英屬維京群島商高寶國際有限公司台灣分公司
發　　行　英屬維京群島商高寶國際有限公司台灣分公司
法律顧問　永然聯合法律事務所
初版日期　2025年03月

原著書名：《霓虹星的軌跡》由北京晉江原創網絡科技有限公司授權出版。

國家圖書館出版品預行編目(CIP)資料

霓虹星的軌跡 / Twentine著. -- 初版. -- 臺北市
: 英屬維京群島商高寶國際有限公司臺灣分公司,
2025.03
　　冊；　公分. --

ISBN 978-9626-402-216-3(上冊 : 平裝). --
ISBN 978-626-402-217-0(中冊 : 平裝). --
ISBN 978-626-402-218-7(下冊 : 平裝). --
ISBN 978-626-402-219-4(全套 : 平裝)

857.7　　114002846